Melhores Contos

Walmir Ayala

Direção de Edla van Steen

 Melhores Contos

Walmir Ayala

Seleção de
Maria da Glória Bordini

São Paulo
2011

© André do Carmo Seffrin, 2007

1ª Edição, Global Editora, São Paulo 2011

Diretor Editorial
Jefferson L. Alves

Gerente de Produção
Flávio Samuel

Coordenadora Editorial
Arlete Zebber

Revisão
Tatiana F. Souza
Luciana Chagas

Projeto de Capa
Ricardo van Steen

Capa
Eduardo Okuno

Dados Internacionais de Catalogação na Publicação (CIP)
(Câmara Brasileira do Livro, SP, Brasil)

Ayala, Walmir, 1933-1991.
  Melhores contos: Walmir Ayala / seleção de Maria da Glória Bordini. – São Paulo: Global, 2011. – (Coleção Melhores contos / direção Edla van Steen)

ISBN 978-85-260-1598-2

1. Contos brasileiros. I. Bordini, Maria da Glória. II. Steen, Edla van. III. Título. IV. Série.

11-09277   CDD-869.93

Índice para catálogo sistemático:

1. Contos : Literatura brasileira   869.93

Direitos Reservados
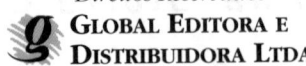
Global Editora e Distribuidora Ltda.
Rua Pirapitingui, 111 – Liberdade
CEP 01508-020 – São Paulo – SP
Tel.: (11) 3277-7999 – Fax: (11) 3277-8141
e-mail: global@globaleditora.com.br
www.globaleditora.com.br

Obra atualizada conforme o **Novo Acordo Ortográfico da Língua Portuguesa**

Colabore com a produção científica e cultural.
Proibida a reprodução total ou parcial desta obra
sem a autorização do editor.

Nº de Catálogo: **2979**

Maria da Glória Bordini (1945) é doutora em Letras pela Pontifícia Universidade Católica do Rio Grande do Sul (PUCRS), na área de Teoria da Literatura, e pesquisadora 1B do CNPq. É professora colaboradora do programa de pós-graduação em Letras da Universidade Federal do Rio Grande do Sul (UFRGS) e ex-professora titular do programa de pós-graduação em Letras da PUCRS, onde coordenou o Centro de Memória Literária, atualmente extinto. Desde 1991 é editora-associada da revista binacional *Brasil/Brazil*: Revista de Literatura Brasileira/A Journal of Brazilian Literature, publicada pela Brown University (Estados Unidos) e pela Associação Cultural Acervo Literário de Erico Verissimo. Trabalhou na editora Globo de 1969 a 1980 – a partir de 1973 ocupou o cargo de secretária-editorial, enquanto esteve afastada da universidade por força do AI-5 –, e foi diretora das coleções infantojuvenis da L&PM Editores, de 1981 a 1990. Desde 1982, coordena o Acervo Literário de Erico Verissimo. É crítica literária, com ênfase em poesia, e, além de livros, publica artigos em periódicos da área de Letras.

APRESENTAÇÃO

A arte do conto tem uma tradição poderosa nas letras brasileiras, bastando lembrar a contínua repercussão nacional e internacional da contística de Machado de Assis, Clarice Lispector ou Guimarães Rosa. Os três não podem ser mais diferentes entre si, mas a capacidade de criar, em curtos espaços de texto, enredos inesperados, personagens memoráveis e significações psicológica e historicamente esclarecedoras os une. Ingressar num cânone em que convivem figuras como essas é uma árdua tarefa, que Walmir Ayala enfrentou lutando com as armas de seu talento, como aprendera com os amigos Cecília Meireles e Lúcio Cardoso, de quem ele diz: "Tive exemplos extraordinários nessas duas pessoas, como não fazer da literatura uma espécie de mercado de favores, de sucessos, de glórias pequenas".[1]

Fiel ao norte que sua poesia lhe indicava: captar a experiência para transcendê-la, fazendo do visível o veículo para o invisível, e do "invisível uma presença visível",[2] ele dedicou sua vida às artes, como ficcionista e crítico, buscando insistentemente, fosse em seus poemas,

---

1 AYALA, Walmir. "Escrevo como sempre vivi: num tumulto". In: INSTITUTO ESTADUAL DO LIVRO. *Walmir Ayala*. Porto Alegre: IEL-RS, 1989. p. 8. (Autores Gaúchos, v. 22).
2 Idem, ibidem.

contos, romances ou dramas, fosse em seus ensaios críticos e mesmo em sua literatura para crianças, aquilo que ele considerava "uma verdade possível, uma beleza possível".[3]

O livro que o projetou no país, *Este sorrir, a morte*, de 1957, lhe conquistara a reputação de hábil artista da palavra, o que veio a se confirmar com *Cantata*, de 1966, em que demonstrara seu domínio do ritmo e da rima, criando versos de entonação coletiva, como percebera Antonio Hohlfeldt: "sua leitura em voz alta, à maneira dos grandes corais, transforma o texto em algo de uma força extraordinária a querer extravasar suas dimensões presas à página de um livro".[4] Não sem motivo, esse livro conquistou a maior distinção em poesia de então, o prêmio Olavo Bilac, do Governo do Distrito Federal, tendo por júri poetas da estatura de Carlos Drummond de Andrade, Manuel Bandeira e Lêdo Ivo. Seu talento poético viria a se confirmar quando lançou *Poesia revisada*, em 1972.

Em 1982, recebeu o Prêmio Bienal Nestlé de Literatura Brasileira, com *Águas como espadas*, um texto de alta organização formal, em que o nível metafórico joga brilhantemente com a dualidade da morte e da vida, a dor do mundo e a solidão dos homens. Eis, em "Homens amargos", a visão surrealista da recusa à existência plena:

> *Os homens amargos passam com seus olhos-não,*
> *pousam as mãos suadas nos prodígios do mundo*
> *e suportam as veias vazias da mais tênue alegria.*
> *Eles boiam azedos nos aquários aéreos*
> *como seres duros e gelatinosos*
> *recusando mesmo a paz do silêncio.*

---

3 Idem, p. 7.
4 HOHLFELDT, Antonio. Esta sondagem cruel e autêntica. *Correio do Povo*, Porto Alegre, 7 abr. 1973.

Como romancista, Ayala estreara em 1964, com *À beira do corpo*, quando já contava com o renome a ele conferido pela publicação de três livros de poesia, três dramas e dois volumes de seus diários. Nesse primeiro romance, que pauta os demais, transparece a mestria em trabalhar, em ritmo vertiginoso, a fragmentação das ações, a visualidade do espaço narrativo, as trocas de voz narrativa, o tenso monólogo interior e as digressões do curioso narrador, um verme que espera para devorar o corpo sedutor da heroína Bianca, como se lê na abertura:

Eu, o verme, aqui nesta carne que já começa a ser meu reino, nesta carne recém-pousada em seu leito de morte, ainda quente daquele hausto de vida que era a sua chance de perigo e abjeção. Eu, o verme, reconhecendo este tecido de alma ausente, mas com a marca total de tudo o que a alma aprendeu, e que só através destes olhos, desta boca onde passeio agora o meu visgo, destes dedos delicados e finos, somente através disso tudo tenho uma razão para ser chamado em testemunho.[5]

Nas palavras de Maria Luíza Ritzel Remédios, "o romance impõe-se pela densidade psicológica e a força política, estendendo a força da palavra sobre focos mais complexos e inexprimíveis, e permitindo o conhecimento do mundo e das ideias". Para ela, o texto "cria um mundo imaginário, estranho, mas também familiar, porque o conhecido, rotineiro e cotidiano, aparece nas semelhanças e diferenças".[6]

É nesse contexto de intensa produtividade, sem nunca abandonar uma dicção muito pessoal, que Walmir Ayala lança seu primeiro livro de contos, *Ponte*

---
5 AYALA, Walmir. *À beira do corpo*. Belo Horizonte: Leitura, 2007. p. 9.
6 REMÉDIOS, Maria Luíza Ritzel. "Uma poética da transcendência". In: INSTITUTO ESTADUAL DO LIVRO, op. cit., p. 20.

sobre o rio escuro.[7] A obra reuniu textos escritos do fim da década de 1960 ao início dos anos 1970 e foi premiada pelo Instituto Nacional do Livro no gênero Ficção, categoria Inédito, em 1973, sendo publicada um ano mais tarde, pela editora Expressão e Cultura.

O renomado contista e crítico literário Hélio Pólvora, por ocasião do lançamento da coletânea, a situa em duas linhas convergentes do conto brasileiro. Uma delas seria "a história curta desossada – que se praticou muito na década de 40 e nos anos seguintes". Ele a pensa como conto poético, "que retira do poema uma carga de mistério e que subsiste em função disso, com aspectos marcadamente poemáticos". A outra linha seria a que "depois da impregnação do poema, procura reagir e admite, então, contornos mais nítidos, em benefício de um resultado dramático".[8]

No encalço da conjunção entre poesia e drama, o segundo livro de contos, *O anoitecer de Vênus,*[9] foi saudado como o ressurgimento de uma voz sabedora dos padecimentos da gente miúda, que por meio dela vinham de sua sombra para o aberto do texto. Veio a lume somente após sete anos da morte de Ayala, pela Record, em 1998. Ayala o deixara pronto no fim da década de 1970 e início da seguinte, tanto que chegou a concorrer com ele à Bienal Nestlé de Literatura, cuja primeira edição ocorreu em 1982.

O excelente crítico Miguel Sanches Neto saúda o aparecimento de *O anoitecer de Vênus* como "significativo acontecimento literário", lamentando que o autor tenha sido visto como superado enquanto "nulidades

---

7 AYALA, Walmir. *Ponte sobre o rio escuro.* Rio de Janeiro: Expressão e Cultura; Brasília: INL, 1974. Todas as citações serão extraídas dessa edição.
8 PÓLVORA, Hélio. Ponte sobre o rio escuro. *Jornal do Brasil*, Rio de Janeiro, 20 mar. 1974. Seção Livros.
9 AYALA, Walmir. *O anoitecer de Vênus.* Rio de Janeiro: Record, 1998. Todas as citações serão extraídas dessa edição.

rutilantes" são entronizadas pelo mercantilismo globalizado. Para ele o livro se organiza

em torno de um desejo contínuo de identificação, sendo essa a energia que mantém vivas as personagens. [...] Nessa maneira de pensar as relações humanas, Walmir Ayala coloca o poder de eleição de afinidades e de identidades acima dos vínculos de sangue. É que ele pensa sempre em termos de família espiritual.[10]

Resumida editorialmente a apenas dois livros, a contística de Ayala é bem maior. Nesta antologia, inclui-se "Tais", que teve uma única aparição em *Histórias do amor maldito*, antologia organizada por Gasparino Damata e publicada pela Record em 1968. O conto nunca foi reeditado, o que agora se corrige. Como Ayala deixou muitos textos inéditos, talvez quase uma centena deles, de diversos gêneros, aqui se recuperam alguns de seus contos encontrados em versão datiloscrita.[11] Ao exame, nota-se que o processo criativo do autor ocorria antes de ser fixado no papel, onde fluem torrencialmente, pois seus originais mal evidenciam qualquer necessidade de revisão.

O conto de Ayala, no plano imaginário, tem como pivô a personagem. Com a habilidade de um especialista em almas, o autor as deixa exprimirem-se, seja no discurso direto, bastante raro, no indireto livre, de maior incidência, seja no indireto, na voz de um narrador que não faz julgamentos. São histórias de dentro para fora, em que os eventos transcorrem pelo filtro de pensamentos e emoções, em que não se questionam o bem ou o mal, o que os padrões sociais consideram certo ou errado. As consciências que se

---

10 SANCHES NETO, Miguel. A vida como arte. *Gazeta do Povo*, Curitiba, 9 fev. 1998. Caderno G, p. 4.
11 SEFFRIN, André. Carta de 20 de novembro de 2007 a Maria da Glória Bordini.

desnudam ante o leitor são de uma franqueza comovente, engolfadas no torvelinho de existências que mal compreendem, o que aumenta a sensação do mistério da vida, uma vida teimosa, que persiste apesar da miséria e do sofrimento, ponto-chave dessas narrativas.

Não é sem razão que, ao comentar o primeiro livro de contos de Walmir Ayala, a escritora e também exímia contista Sônia Coutinho o caracterizasse sob o signo das "sombras proibidas", em suas próprias palavras. A escuridão tentadora seria "o componente central de seu livro, feito de realidades mais sugeridas que reveladas, de enigmas que, propositadamente, não se deixam decifrar".[12]

A capacidade de Ayala de figurar a penumbra em que suas personagens se deixam envolver, fugindo da resolução de dificuldades nas relações humanas, já se evidencia no primeiro conto desta antologia, "Sol":

Alheia a tudo, até mesmo a seu corpo, atravessava a claridade da tarde como um dardo, projetava-se além num ponto perdido que era na verdade um regresso violento sobre si mesma. Nem sequer se preocupava em discernir o que era e o que esperava. Sentia como se o pensamento fosse uma pele sensível e invulnerável, toda a perturbação de um passado sem amor, até sem erotismo, através do qual procurou entender seu corpo como um mínimo instrumento.

A projeção de consciências como se elas se desdobrassem numa tela, em claro-escuros, ou em nuances confundidas de cores deprimentes ou vibrantes, persiste em todos os contos, como se pode ver no último "Maria Rosa", que inicia com um diálogo introdutório – dando voz direta à personagem serviçal negra – para logo em seguida passar ao indireto livre, em que as mulheres da

---

12 COUTINHO, Sônia. Walmir Ayala, uma ponte sobre o rio escuro. *Jornal do Brasil*, Rio de Janeiro, 23 mar. 1974.

casa lamentam sua falta. Diz a narradora, no longo monólogo em primeira pessoa que constitui o conto:

Estranho que eu esteja falando de amor depois de morta, eu que jamais ousei dizer tal palavra enquanto viva. Vergonha, talvez, de ficar nua. Maria Rosa não teve vergonha de ficar nua, de se mostrar por inteiro em sua esplêndida pobreza. Eu me queria perene, e nisso me vesti de mármore, como aquelas estátuas antigas que apesar de nuas estão vestidas da distância do mármore, cobertas de dignidade gelada.

Note-se o contraste entre a metáfora do mármore branco e o corpo estuante de vida de Maria Rosa, processo que Ayala utiliza para tornar visível o preconceito e a vitória da personagem antes socialmente inferiorizada e agora, no presente narrativo, reconhecida como mais mulher e mais viva do que aquela a quem servia antes.

Um dos conceitos-chave dessa coleção de contos é o desnudamento, seja de preconceitos sociais, seja de perversidades patriarcais, seja de opções sexuais não aceitas. Boa parte deles tem, como protagonistas, mulheres oprimidas, encerradas entre quatro paredes, inquirindo o porquê de suas vidas fanadas, e, em alguns casos, rompendo seus casulos e expondo-se à liberdade da vida plena. Outra parte acompanha a angústia masculina vendo a mulher escapar a seu controle ou percebendo que o ser amado toma conta deles, privando-os até da própria vontade e discernimento. Exemplo de um trabalho magnífico com a metáfora da frustração masculina é o conto "O chaveiro", em que o objeto achado numa vitrine, com uma sereia de escamas móveis na argola, vai se decompondo, à medida que o herói fracassa em obter uma casa onde viver seus sonhos. A sensibilidade de Ayala para as questões de gênero ainda está por encontrar estudiosos a sua altura.

O conto de maior impacto talvez seja "O anoitecer de Vênus", em que um jovem homossexual se traveste de bailarina para o Carnaval, querendo encarnar "a virgem incorruptível". A maior parte do texto é dedicada aos minuciosos preparativos, ao banho, à maquilagem, ao vestir-se, aos saltos altos:

Assim, se fosse Deus, começaria a fazer o homem. Pensou isso e pensou mais "sou Deus"... Sou o deus que sabe o que a sua criatura quer ser. Sou o deus macho e viril que agora sabe que o barro quer ser mulher, seja feita a sua vontade.

Todavia, no turbilhão da dança, acontece a revelação: a atração por um belo moço, que o desvirgina. Mais do que uma epifania, o ressaibo, de volta à casa, é o da perda:

[...] o rosto era como o sonho milenar de um fóssil, a mulher intacta que nunca mais despertaria, a dona das catacumbas e dos sortilégios, para a qual não mais desceriam os lírios e os polens.

Esse misto de inocência e sabedoria do corpo, de decepções e de desejo ansiado, percorre praticamente todos os contos aqui selecionados. A literatura contística de Ayala, que carrega a marca do intimismo dolorido de seu amigo Lúcio Cardoso, versa sempre sobre relacionamentos, sistemas de poder, aspiração à pureza e ao amor desinteressado, vidas mantidas à sombra de si mesmas. Uma temática assim tão complexa é enfrentada pelo autor com o denodo do poeta, daquele que usa a linguagem crendo na sua potência criadora de realidades, de efeitos que perturbem os modos de ver e de sentir, abalando certezas em seus leitores.

A capacidade do conto de Ayala de, numa extensão limitada de frases, portanto valendo-se apenas de palavras, erigir personalidades, como se reais fossem, levando o leitor a sentir o que sentem, a pensar o que pensam, lembra a concepção de Shlomith Rimmon-Kenan de que na narrativa se percebem as personagens tanto como pessoas quanto como partes de uma construção pela linguagem.[13] A essa noção, que serve também à narrativa longa, associa-se, no caso da contística de Ayala, a força do tecido metafórico, dos ritmos ora lentos, ora caudalosos, das pausas e silêncios prenhes de sentido, da escolha das palavras, buscando sonorizar a narração, da síntese iluminadora, própria da poesia.

Maria da Glória Bordini

---

13 RIMMON-KENAN, Shlomith. *Narrative fiction: Contemporary Poetics.* London: Methuen, 1983. p. 33.

CONTOS

PONTE SOBRE O RIO ESCURO (1974)

SOL

Balançava as pernas sentada no muro baixo que dava para o mar. Atrás de si algumas mesas ocupadas do bar quase deserto. Alheia a tudo, até mesmo a seu corpo, atravessava a claridade da tarde como um dardo, projetava-se além num ponto perdido que era na verdade um regresso violento sobre si mesma. Nem sequer se preocupava em discernir o que era e o que esperava. Sentia como se o pensamento fosse uma pele sensível e invulnerável, toda a perturbação de um passado sem amor, até sem erotismo, através do qual procurou entender seu corpo como um mínimo instrumento. De prazer? Seja, queria ser feliz. Desde cedo a felicidade era um recinto de solidão onde pousava interrogativa. E depois? Alguns sinais de reconhecimento que a arrepiaram um dia, o toque de um pulso sombreado de pelos, um tornozelo moreno e plantado como um tronco invencível, a aderência de certos tecidos ao corpo do homem, imaginações. Queria ser feliz. Agora balançava as pernas revisando-as sem esforço, quase num gozo de tanto luxo frustrado. Ouropel, nunca lhe chegara a verdade de um calor. Primeiro o casamento tirânico: aquele homem que a algemava a distância e com o qual até sonhou abandonar-se numa segurança eternizável. "Com ele eu nem vou morrer"... pensou. E casou. À sua sombra era como se não existisse, e esperava que a felicidade surgisse dessa fusão, que ela fosse uma parasita amorosa, ele dando-se para duplicar a vida, e palpitar com ela, uníssono e maior, maiores os dois, sorver num silêncio ansioso toda a realidade de uma espera cintilante. Porque seu coração cintilava de amor, sozinho e desprevenido. Amor, desde os primeiros romances entendera que não era aquilo. Nem o que se escreve nem o que se dilacera. As frases de amor nos livros tinham discurso excessivo. Quando uma visão cravava em seu peito um calor diferente, ela pensava: "O amor está perto". Devia ser como ferroada. Só que não nascia tal espinho, nem rosa. Se submetera a cinco cauterizações depois de violentas investidas sexuais. Casara com um porco-do-mato, áspero e ácido, um fogo no lugar das pupilas. No entanto de uma beleza rígida quando dormia, como a de certos mortos imponentes. Desejou que ele morresse, e ele um dia morreu. Chorou, sim. Agora olhando o sol que baixava espalhando uma onda de calor, seus olhos arderam. Como diante daquelas lâmpadas imitando círios na capela mortuária do cemitério – foi quando sentiu um certo amor por ele, já não podia arrancar sua camisola ou morder-lhe os lábios até sangrar, ou sugerir toda uma ordem de libertinagem para a qual não estava preparada. Tinha até qualquer coisa de santo, e as raras pessoas que o velaram caminhavam como que entre fios cruzados, para não cair ou não despertar. Depois do primeiro olhar a seu rosto duro, todos se distanciavam em conversas as mais sedutoras e mergulhavam na vida, a vida que ele não usufruía mais. Ele que sempre dizia para ela: "Tu não deves viver sem mim". No entanto ela sobrevivera. E ali estava ao calor do sol, grata e tranquila, o olhar fixo na vermelhidão do horizonte, como se nada se passasse dentro dela, no entanto aquela lembrança de pavor...

 Depois foi o outro. Delicado, sim. Casamento outra vez. Dez dias sem tocar nela. Depois aquele pedido pungente: "Espera, tem paciência... eu te amo e confio em ti, tu precisas me ajudar". Tudo então transcorreu como num hospital, uma febre constante. Ela fechava os olhos, noite inteira, e ele a acariciava com uma sabedoria mágica, como quem arranca lenços e coelhos de uma cartola escura. Só. Ela sofria sozinha e de dentes cerrados o seu prazer. Ele suspirava comovido, encostando o rosto em seu seio, dolorido como um menino mutilado. Depois até tiveram um filho. Mas sua vida toda se concentrou naquele exercício insano de recuperação. Nem havia história com que romancear o desajuste, era apenas uma força de menos. Separaram-se. Ele viajou para longe, para outro continente, nunca escreveu, nunca soube dele. Livre. Estava outra vez livre, livre e fechada. Lia a palavra amor como quem lê uma indecência. Duas vezes acariciara o dorso do amor. No entanto ainda não sabia de nada. Adquirira um certo ar abobalhado, um sorriso neutro e passivo, uma esquivança de tudo.

Agora estava ali no único passeio que era a sua completa liberdade. Manhã, o mar, aquele pequeno muro. Sozinha e alheia olhando o movimento ininterrupto das ondas. Ininterrupto mas sem monotonia, como se cada onda fosse outra coisa, e encerrasse outro mistério. Entre as ondas e os corpos, aquele jogo de vida, certos cabelos flutuando, a alegria do mergulho. A espuma que se formava sobre a areia, pequenos globos de cristal que se irisavam e quebravam numa gota logo invisível. E as ondas, maiores, menores, ameaçadoras de repente, como um rebanho. Sobre as águas aquele sol diluído. No alto aquele sol tenso. Só as águias conseguem fitar o sol. Naquele momento ela era uma águia, conseguia fitar o sol. Apertava um pouco os olhos, com as pestanas filtrava um pouco da agressão luminosa. Radioso, o sol nem se movia. Mas por todos os lados vinha aquele calor manso, como quando era menina e se urinava dormindo, um calor bom que ela gostaria de repetir todas as noites e pelo qual era castigada. Um calor escorrendo pelas pernas, aquecendo como uma carícia de unhas longas. O sol descia assim em ondas que não eram só de luz, mas de calor, um calor seco como um sopro, naquele momento. Balançava as pernas vendo o sol, sentindo o calor que a inundava, subindo pelos pés, pelos dedos dos pés. Esfregou os dedos dos pés e um arrepio correu até as coxas. Depois o calor foi subindo. Balançava as pernas, de repente se protegendo. Apertando mesmo as coxas como quem pressente o assalto. Transpirava sob a valisere azul. E o calor foi envolvendo-se em cada célula de suas pernas, o calor que se ligava ao grande e insuportável disco de luz que ela, como a águia, fitava deslumbrada. A cabeça começou a rodar. Amparou-se para não cair. E o calor subindo. As pernas balançando, as coxas apertadas. Uma secreta umidade. Então de seu ventre desabaram andorinhas negras com afiados bicos, andorinhas obstinadas que se chocaram com aquela onda de lava já dardejando na extremidade de suas pernas. Onda de calor como carícia soberana de mãos imensas. As pernas balançando, o calor, e o choque. De repente ela era todo um circuito, toda uma colisão de gemido, olhos cerrados. E o calor do sol era como um corpo sólido que ela dominava e abraçava, sobretudo apertava entre suas pernas com fúria. E assim foi-se debulhando em lágrimas e prazer, de olhos cerrados foi-se entregando e sorvendo, o amor, e todos os óleos íntimos de sua solidão foram fluindo santamente, e seus nervos elásticos escorregaram sob a pele formando cristais de sensação, como os de neve. De repente ela era como uma rede pesada de nácares e peixes vivos. Alegria, um sorvo de alegria como o sorvete da infância, como o primeiro insulto ou o primeiro beijo. E gozou, plenamente feliz, as pernas balançando e de repente hirtas, os dentes cerrados, exposta ao sol, umas gotas de suor rorejando a curva do seio, arfante e deslumbrada. Balançando as pernas, balançando as pernas.

EULÁLIA

A princípio o melhor de sua vida era varrer o pátio. Pensava "meu marido foi com outra e eu só soube esperar". Agora estava velha. Antes até carta esperou. Agora nem isso – varria caprichosamente o pequeno pátio rodeado de margaridas. À tardinha molhava os canteiros. Tudo naquela brancura, com o pátio limpo no meio, como rosto lavado. Como envelhecera depressa. Tinha apenas um espelho no banheiro, um espelho corroído que apenas reproduzia o essencial, vagamente o essencial que lhe permitia concluir "sou eu". Raras vezes chegava a esse extremo de curiosidade consigo própria. Lentamente fazia o seu café cada manhã, depois mastigava o pão fresco, alimentar-se era uma ação incolor – levantava da mesa como se nem tivesse sentado, a não ser um calor, uma energia com que se distribuía na lavagem de umas roupas escassas, no varrer o pátio, na atenção com que cozinhava batatas ou fritava um ovo. De tudo desligada, desde muito tempo. Quando menina ouvira contar histórias de amor, chegara a suspirar. Depois o casamento, por conveniência – é o que ouvira dos pais. Nem pensou em escolher, ou rejeitar. Convinha a todos e ela seria feliz – frase da avó balançando na cadeira de balanço num dos raros momentos em que descia à terra, entre uma e outra cantiga de serenata que sussurrava apenas, como quem reza. Ela estava até feliz quando casou, tudo o mais foi surpresa e arrependimento. O marido batia nela, a princípio. Depois nem isso. Então chegou a ser bom. Ele voltava muito tarde, de manhã mesmo, cansado. Olhavam-se com estranheza, ele caía num sono profundo – era como se ela não existisse. Então começou a se preocupar com as pequeninas coisas, a limpeza do assoalho da cozinha, por exemplo. Um dia ele não voltou. Ela soube mais tarde que ele estava morando com outra mulher no outro lado da cidade. Não se importou, estava livre. Foi assumindo uma funda tristeza, um silêncio cerrado. Não havia assunto que a interessasse. Ouvia com muita atenção, apenas, os sermões dominicais – eram lindas histórias antigas que ela pensava que fossem pura invenção, mentira do padre. Ao se confessar dizia isso e era absolvida. Depois voltava a pensar, com um sorriso. A limpeza de sua casa era sua única vitória.

Um dia viu no cinamomo que ficava perto do portão uma porção de pardais que a observavam. Tão altos e incríveis como as histórias do sermão, pensou e sorriu. Então esfarelou pão e jogou ali, sem muitas esperanças, maquinalmente. Voltou a seus afazeres. Algum tempo depois olhou pela porta e viu os pardais bicando os farelos, no chão impecável. No dia seguinte espalhou mais pão. Três dias depois os pardais desciam só de vê-la; então sentiu uma misteriosa sensação. Eles nem fugiam. Começou a espalhar o pão sempre mais perto da porta da casa. Observou atentamente um por um aqueles corpinhos superficialmente iguais, cinzentos e raiados, com um bico agressivo, e afoitos na conquista do pão de cada dia. Pediam com seus olhinhos de cabeça de alfinete, saltitavam sacudindo as asas, atentos ao menor ruído ou presença que não fossem os de Eulália que parecia já conhecerem. Eulália por sua vez apaixonou-se por aquela fragilidade ostensiva que se dava a ela e povoava de repente a limpeza sepulcral de seu pequeno mundo. Um dia até pensou numa palavra isolada, que há anos não pronunciava "a vida"... Apalpou-se, olhou os braços ainda fortes, as veias vigorosas, as mãos de dedos longos, muito limpas, como a terra ou o tufo de samambaias. Assim, além da limpeza, o bando de pardais era sua outra tarefa de comunicação – e eram sempre mais, tantos que um dia poderiam atacá-la, bicar seus olhos pensando que fossem migalhas de um pão oleoso e azul. As migalhas de pão estavam já nos degraus da porta, e os pardais se serviam como donos, transpondo a soleira e mergulhando na sombra arejada da cozinha. Então ela tentou mais, sentou-se na sua cadeira de balanço, que fora da avó, bem no fundo da peça, jogou os farelos de pão no centro da peça e esperou. No primeiro dia os pardais não entraram. Ela permaneceu imóvel, como uma estátua, esperando. Os pardais voejavam até a soleira e não se atreviam. Ali já era um templo, uma grande gaiola, qualquer coisa que ameaçava a liberdade. Ela esperou. Dois, três, quatro dias, a mesma coisa. A fome ou o hábito fez que alguns passarinhos ensaiassem o avanço. E avançaram. As migalhas iam formando um caminho que conduzia até os pés de Eulália. Ela quase nem respirava, imóvel, os olhos parados, esperando o milagre da casa povoada. Na manhã seguinte chegou a chamar uma vizinha para ver seu prodígio. Mas os pardais não vieram. Então voltou à solidão anterior, esperando sempre, renovando as migalhas do pão, até que os pardais foram entrando, bordando o assoalho de madeira branca de tão limpa. Ela imóvel esperava, sem saber exatamente o quê, mas esperava. Um dia foi a invasão... Entraram em bando, diretos, vieram da rua como que comandados, mas, em vez de caírem sobre o pão, cobriram o corpo imóvel de Eulália. Por terror ou surpresa ela não se moveu. Os pardais dependuraram-se em seu vestido de fazenda barata estampado de florinhas azuis. Pousaram em seu colo, em seus braços, em seus ombros, em sua cabeça, como pousavam nos galhos das árvores ou nos fios elétricos das ruas. De repente ela era uma mulher de pássaros, e eles nem se assustaram quando ela ergueu a mão, saltaram para seus dedos. Ela era de repente um objeto irmão para eles. Chilrearam junto aos seus cabelos como chilreavam ao redor dos ninhos ocultos nas mais altas frondes. Seu coração bateu com uma força inédita, um calor subiu-lhe pelo corpo e ela sonhou que era uma árvore. Depois os pássaros desceram para as migalhas, e ela caminhou perto deles e não se afastaram. Sua vida mudou daí em diante. Sua solidão povoou-se de algo assim como um exército. Andava pela manhã em seu jardim coroada de pardais, pesando o avental, os bolsos do avental, as franjas, onde eles se grudavam com suas patinhas munidas de unhas curvas e escuras. Assim ela andava, ia varrendo as lajes, arrancando o capim nocivo das moitas de margaridas, e era sobre ela um ir e vir de asas e choques de bicos. Um dia escreveu com o cabo da vassoura, na terra lisa do pequeno pátio varrido, uma palavra: "amor"...

A MULHER DE PUTIFAR

Então ela o pegou pelas vestes e lhe disse: Deita-te comigo; ele, porém, deixando as vestes nas mãos dela, saiu, fugindo para fora.

Gênesis 39:12

O silêncio que se construíra entre os dois, disso só ele sabia. Vinha acuado, agredido. Olga naquele momento cortava a carne-seca para o guisado. Então o telefone deu sinal. Ele atendeu, sabia do que pode surgir na raiz das palavras. Com um nó na garganta ouviu aquela voz rouca e oleosa:

– Meu marido saiu, por que você não vem? Ele não se importaria, gosta tanto de você. Fará questão de fazer que não sabe.

– Não posso, Olga está preparando o jantar.

Desligou lentamente. Olga nem se voltou, mas ouvira, ele sabia que ela ouvira. Ele estava em perigo, Olga era assim: ciente e livre.

Lembrou-se daquela manhã, fora procurar o sócio – havia um terreno com segunda proposta, e o negócio imobiliário pedia uma revisão. O sócio era assim, mais velho no assunto, gostava de abrir mão – pensava assumir então uma sabedoria, um certo ar de vaticínio, como quem diz "não ia dar certo" ou "amanhã aparece coisa melhor". Falaram pouco. O outro foi irredutível. Ele saiu com a certeza de ter perdido um bom negócio. Lígia levou-o até o portão pelo longo caminho de lajes. Desde o princípio da conversa notara um olhar de Lígia, incomum, um voo de besouro negro e com chifres vagava na cintilação de sua vigilância. Seus dedos, quando lhe estendeu o copo com cerveja, estavam mais finos, como a atriz que entrasse em cena empunhando um punhal, com unhas de prata e punhos de renda, e este punhal fosse uma consequência de sua mão. No entanto seu vestido era negro e sem mangas. Mas ela se transfigurava. Muitas vezes, ao passar perto dele, sentiu um arfar agressivo. Ele pensou: "esta mulher deve amar bem seu marido, é uma fêmea respeitável". No entanto era magra. Angulosa, cabelos escorridos e olhos acesos. Tudo estava nos olhos. Olga uma vez dissera: "Lígia tem olhos de águia". Ali estava, de águia em descida sobre as inocências. Como gostaria de seduzir esta mulher, pensou dispersando-se da conversa comercial. A voz do sócio, entre pigarros e ironias, a voz gorda no corpo gordo, passava para o outro lado do vidro. Repousou: seduzir esta mulher. Não fosse ela esposa do sócio. Ah, não respeitava Olga em se tratando de conquistas. Mas o sócio... Isso significava o futuro. Sua garantia estava um pouco nisso. Não jogaria o futuro pela janela por causa de uma noite com uma mulher, ainda que fosse tão desejável como Lígia. Assim, satisfeito de ter desejado, como qualquer macho normal, e renunciado, como qualquer homem sensato, ele saiu. Tudo tranquilo dentro dele. Só estremeceu quando Lígia disse: – Eu vou levá-lo até o portão.

Havia naquela voz um sinal de combate. Assim, como quando os cães se lançam no primeiro instante de caçada, e as vozes gárrulas formam no ar corpos sonoros como densos javalis e caprichosas perdizes. Caçada! Lígia ia ao lado dele, e começou a sentir medo. Por um momento a mão de Lígia roçou a sua. Não fez a menor contração. Fugir não era aconselhável, dizia o coração palpitante. Excitava-se com aquele corpo sem perfume, ao seu lado, com o ruído da sandália nas lajes. Mas resistiria, isso o tornava ainda mais feliz. Depois de um caramanchão de grinaldas-de-noiva a casa desaparecia. Eles também desapareciam para a casa. Foi então que Lígia parou... Ele não se voltou, ela, num movimento único de corpo, como uma serpente, ficou de frente para ele, como quem diz "para!". E abraçou-o. E beijou-o na boca. Ele viu os olhos cintilantes e abriu a boca, não podia negar, fora sempre um homem pronto a se dar, tinha todos os elementos do corpo nascido para o amor. Volúvel amor, pensou muitas vezes, mas amor, na loucura quase inconsciente de estar amando uma única vez, de não querer repetir aquele prato. Assim abriu a boca e deixou, de olhos fechados, como tantas vezes, construir o nervoso trabalho das línguas cegas, querendo concluir um mundo de céus de boca e asfixia. Ela se deteve, ele inerte e apavorado. As mãos dela desceram e contornaram seu ventre e sexo com a doçura litúrgica de uma predestinada. Toda a sua potência estava visível, e ela suspirou. Então ele falou: – O que é isso? – ela cerrou os olhos e demorou a responder. Continuava a reconhecer o corpo daquele homem, com um desejo antigo. Então ela disse: – Há quanto tempo...

Desprendeu-se dela e sem voltar para trás percorreu o fim do quintal e atravessou o portão e a rua. Pela primeira vez, como quem atravessa um deserto, teve medo e sede. A boca seca como se tivesse dado uma parte da sua vida naquele beijo pesado. Pânico, viu o futuro passar na forma escura e selvagem de um carro. Longe, era um sinal, depois nada. Não amava aquela mulher, logo estava livre. Livre, pela primeira vez se sentia descomprometido da sedução, ele que passava pelas horas prendendo fios de desejo em pernas, seios, mãos, cabelos, muitas vezes sombras. Agora estava livre, virgem uma única vez de não querer um despojo. A boca seca, a pressa de se sentir em casa, como depois de uma catástrofe.

Olga punha as crianças na cama. Logo jantariam, então o telefone tocou. Trocaram algumas palavras, ele cometendo o supremo erro de renunciar sem cautela, de quase assexuar aquele outro amor ansioso e quente, que se consumia em riscos e audácia. Ele contou tudo à mulher, se desanuviava. Viu a forma dela ouvir, sem olhá--la, espalhando caprichosamente a geleia numa torrada. Desviou os olhos para a televisão sem som, ouvindo. E a voz dele era apressada, depois cândida, criança que contasse uma inquietação logo desfeita. Orgulhoso também, de si. Contar assim – Lígia era apreciável. Mas Olga, no seu mais fundo, desprezava a história tal qual se apresentava, com seu heroísmo oportunista. Em relação ao marido ela fora sempre assim, mártir que se superestima. Não domaria aquele motor de setas contra o mundo, via simplesmente as agudezas se dissolvendo, ele perdido num mar de interesses frustrados, incompletos. Depois com ela: união perfeita que valia por tudo. Pelo cansaço, pela exaustão de esperar cada ordem dele, mesmo longe. Por depender cada segundo do espectro de sua vontade, de não incorrer em erro, atraso ou inocente jogo. Porque tudo ele cobrava. Por isso ela agora não via grandeza nisso. Ele, como se com essa renúncia se retratasse maior, forte, fiel. Nem ela mesma entendia de fidelidade – era uma espécie de temor, incapacidade de voltar atrás. Nunca mais poderia ser a virgem que saiu da casa dos pais. Assim mordeu sem gosto a torrada, inundava-a um pranto surdo e sem sinal, o sinal era o tremor com que depunha a faca sobre o pires.

Lígia voltou para dentro, o marido não estava mais ali. Sentou e pensou. Esfregava os pés nus um no outro, as pernas estendidas na espreguiçadeira. O que pretendia? A ausência do marido naquele momento era como o instante preparatório de um golpe de morte. Mordeu os lábios, nem saudade do beijo lhe ficara. Só um gosto de

morte sombreado de vingança. Algum tempo ficou assim. Pensava na recusa, pensava na sua afoiteza, cerrou os olhos com ardência. Não choraria. Nem o rancor que a inundava, por sentir nascer de seu peito esta urtiga de fogo, conseguiria forjar aquela mínima lágrima com que se suspira de joelhos. Esperou e telefonou. O diálogo tão curto lançou-a no segundo estágio do delírio. Então se ergueu com malícia e contenção. O marido, no jardim, cortava os galhos secos de uma velha roseira. Assim ela se aproximou, como quem pousa, e sacudiu levemente o caule de uma rosa passada. Enquanto as pétalas caíam perguntou: – O que você acha do Miguel?
– Miguel? – o marido mordeu o cigarro, passando-o de um lado para outro dos lábios. A tesoura deu dois cortes certeiros.
– Miguel – ela prendia o fio que queria soltar-se, filamento de uma teia inconclusa. Ela recomeçava: – Não te parece moço? Afinal, o que tens custou-te tanto a obter.
– Ele é inteligente – andou dois passos e arrancou um tufo de capim nocivo. – Cumpre ordens. É pontual. Até agora...
– Estou preocupada. Noto que você confia tanto nele – a inflexão veio intencionalmente em advertência.
– Por que não confiaria? – encarou-a com firmeza. As carnes de seu rosto gordo tremeram fatigadas.
– E se eu te dissesse que ele me faltou com o respeito?
– Faltou?
– E se faltasse?
– Não gosto de supor.
O marido andou mais dois passos. O cigarro apagado ainda no canto da boca. Puxou o galho de uma amoreira e esmagou entre os dentes o sumo roxo. Voltou-se com os lábios escuros. Que palavra sairia da sua boca neste momento? Lígia teve medo, mas ele não disse nada. Deixou-a ali entre rosas e amoras, a tênue brisa do crepúsculo

pousando um pólen invisível em seu cabelo enleado de sombra e intriga. Seu seio arfou, da espuma de sua boca brotou um gemido quase animal. Encostou-se toda ao pé da amoreira, todo o seu amor pedia um momento de destruição. Um raio que a consumisse e com ela aquela obstinada fúria. Viu o marido passar pelas janelas da sala de jantar, acender a luz. Sentiu que a sensação da noite o relegava ao verdadeiro plano da sua crispação: animal cuja selvageria é uma virtude. Nem se perguntava a razão daquele cio, a predestinação daquele ódio. O sangue de Miguel tripudiava ante seus olhos como uma bandeira. Alçaria seu corpo até aquela liberdade ou cairia em desgraça. Assim cegamente passou pelo roseiral premendo os caules emaranhados. Reconheceu a dor e viu os espinhos, seus dedos se expunham numa espécie de mapa com que maculou os seios. Jurou descer com Miguel até a masmorra, primeiro homem de seu ventre, fruto verde de seu orgasmo. E todo tremor, seu pescoço alongou-se num acesso de vômito. Gritou então o nome de Miguel. O marido, ao alcance do som, nem se moveu – folheava com firmeza um livro pesado, via-se no quadrado iluminado da janela sua forma triste. Ela voltou as costas àquela tristeza que vinha exatamente do conhecimento do perigo – ele sabia de todo o fervor com que ela se destruíra em tantos anos de união. Destruída, seu corpo entregava-se a ele raramente, como quem se submete a doloroso tratamento. Ela sabia que, depois disso, aquele homem jamais exigiria nada. Nem pesquisaria qualquer distúrbio. Por isso a impassibilidade com que virara as folhas, seu rosto fustigado por um grito que era um nome, nome de um homem, homem que ele possivelmente conduziria à masmorra do desafeto. Assim ela aprofundou na noite do jardim, rasgando as vestes, já sem grito, apenas com os olhos secos e dilacerados. Como se o grito, de repente, fosse a visão exata e implacável de sua miséria.

A JAGUATIRICA

Ela era macia como um coelho, mais macia do que um gato de raça. Mais do que o coelho, ela escondia sob a maciez uma boca de farpas, sob as patas cuja película de lã era como carícia, ela manietava um sol de fúria que um dia... um dia quando as árvores se abrissem mais que verdes cobrindo o céu e armando sombras proibidas – selvas que se dourassem de velhas folhas amontoadas como mosto de vinho, como esterco, brando adubo úmido que às vezes tinha aroma de relíquia. Mas não veria mais selvas. Contudo era de maciez como quem está seguro de seu destino, como quem se cobre. Sobre as orelhas cobria-se com relances de seda onde se aninhavam partículas de pó, grãos de terra, único sinal de sua origem terrestre. Porque se diria que da sua maciez se nutrissem todos os seres invisíveis, os que povoam certos sonhos quando ainda estamos deslumbrados e vulneráveis para o mistério. Foi isso que o rapaz de óculos escuros, de esguia agressividade, captou sem saber. E quedou-se hipnotizado diante do anjo. Passou de leve a mão sobre aquela maciez, seus lábios finos se apertaram como fazia sempre que pousava em si mesmo sob o peso de momentânea inquietação, quando se criticava. Ela miou roucamente e os fios de seus bigodes brancos se eriçaram como a cauda de um pássaro celeste. O rapaz ficou ali, vendo-a como quem se apossa. A maciez passou para os seus dedos como uma formigação. Enfiou as mãos no bolso quase excitado, e fixou aqueles olhos que eram de uma perigosa doçura, luminosos de selvageria latente, perfeitos como só os olhos moços podem ser.

A cidade era como uma selva – à porta do cinema os homens passavam, as mulheres sobretudo miravam com distância. Temor ou fascínio, sobre seu corpo se derramava o óleo da sombra, e ela ressaltava com suas manchas, contudo imóvel, mas saltavam suas manchas que eram como os sinais das pegadas sobre seu lombo, como se ela andasse sobre si mesma, e tivesse nisso sua exata liberdade. O rapaz ficou muito tempo olhando-a, tanto tempo que o mulato que a vendia começou a observá-lo. Então ele olhou os cartazes do cinema, com o rabo do olho verificava que ela bocejava enfadada daquele mostruário quase silencioso com que se submetia a pessoas esmagadas pelo mistério de sua inventada ferocidade. Era ainda um projeto de fera, fera-criança que se acalenta de maciezas, e mal sussurrara seu desconforto. O rapaz sentiu até ternura por ela. Mas sobretudo começou a amá-la, com a força do desejo, queria tê-la, dominá-la, ligá-la a ele como uma irmã. Eram assim iguais, macios e sinuosos, ele também dispunha de uma luz desconhecida e perigosa que fatalizava como o veneno e a morte. Havia nele qualquer coisa de nômade, embora pela roupa impecável se revelasse oriundo de uma linhagem bem definida. Mas um certo desleixo, um rasgo de sonho na pele limpa e com o cheiro bom das manhãs silvestres, tudo nele denotava uma vocação para a independência. Deve ter sido isso que fez que ela muitas vezes estendesse a pata de musgo, num gesto de atingi-lo que era sensivelmente um sinal.

De repente o rapaz percebeu que precisava agir. Não poderia mais viver sem ela. Pensamento e gesto se somaram num só impulso. De um salto e ela estava em seus braços, ele mais felino e ácido que um relâmpago. O mulato que a vendia desequilibrou-se e caiu ao chão um segundo antes de poder, com a agilidade marginal de seu instinto, entre voz e movimento, armar a nítida flor do pânico. Esse segundo foi o suficiente para que o rapaz, com ela nos braços como um frágil pacote, saltasse entre os carros que invadiam o sinal aberto, esgueirando-se como que dominado pela alma pastosa da maciez que lhe aquecia a pele. No ato da fuga era como um carro de fogo que arrebatasse uma rainha. Impassível, ela se integrava ao seu corpo, e os dois perseguiam uma mesma selva dolorosa. Logo estavam livres. Na frente do cinema o burburinho do inesperado furto durou não mais de quinze minutos. Logo todos haviam voltado à natural apatia, ao rosto vago a cuja imagem e semelhança todos se refletiam, longe de Deus. O mulato também desapareceu, como se nunca tivesse existido. De tudo só sobrou o rapaz e sua fera, andando agora lento, procurando a sombra, não por fugir da delação do roubo que praticara, mas para não dividir a beleza com ninguém, naquele momento, e antes de saber mais coisas dela, queria-a como um segredo, até para ele um segredo, mas que veria abrir-se como uma flor rara e minuciosa. Instalou-se com ela em seu quarto. Desde então pouco saía. De noite ensaiava com ela os primeiros trâmites. Ensinou-a a saltar para a sua cama. Com estalos dos dedos atraía sua atenção, ela se punha atenta e silenciosa. O rapaz cruzava com ela um olhar único, incorruptível, que tinha a duração de um gemido. Ela se movia lenta, raspava com as unhas a madeira do pé da cama, saltava e ainda pelas unhas ficava dependurada da colcha que aos poucos se foi puindo, era seu sinal de acesso. O rapaz proibiu que a mãe entrasse no quarto. Ameaçou: — Ela te devorará.

A mãe transformou-se então em um novo inimigo. Passava no corredor e espionava, mesmo quando ele

estava no colégio, e ouvia as passadas gentis da fera-
-menina, ouvia como rasgava a beirada da colcha, como
ensaiava saltar para ter fim a lição apreendida. Mas a mãe
não ousava entrar, embora o rapaz deixasse sempre a
porta apenas encostada. Um velho tio um dia chamou o
rapaz e aconselhou: – Manda embora este animal. É selvagem, pode te atacar. Ele explicou o que já sabia, o que
já inscrevera em seu coração para começar a acreditar
com violência: – A mim ela não atacará, pelo contrário,
será minha defesa.

    O tio meneou a cabeça com espanto e não voltou
mais lá. Ele continuou noite após noite, sem dormir,
naquele diálogo de instinto à base da maciez. Logo ela
aprendeu a saltar para a cama. Quando caía era como
uma toalha felpuda. Vinha inteira, unida. Depois roçava-
-se nele, suspirosamente ele dormia, ela com as patas
sobre seu peito como quem mantém fechadas as portas
de uma fortaleza, por dentro. Em verdade era como se
ela estivesse por dentro de seu peito, impondo uma prisão de entorpecente. Depois começou uma fase em que
passeavam pelo jardim. Havia perfumes e sombras dos
quais ficaram íntimos. O jardim era todo um reino – as
pedras sobre as quais ela de repente parava exibindo-se
ao seu sorriso. As mariposas noturnas que ela tentava
abater com patadas suaves, sem garras, as orelhas eriça-
das e o corpo alteado numa espécie de ensaio de voo, a
cauda como um leme elétrico.

    Andavam, o rapaz nunca falava. Ela pousava por
vezes sobre a sombra que o corpo dele imprimia ao pé
do muro iluminado pelo poste de luz. Então ele parava,
ela cheirava o limiar da sombra como quem quer divisar
a matéria da projeção. Ele ria, ela logo passava adiante,
traída pela graça de sua ingênua fixação. Ficaram assim,
inseparáveis.

    Um dia o rapaz comprou uma coleira e uma correia
e levou-a a passear.

Era sempre pelo fim da tarde. As pessoas passavam ao largo, ela então já tinha desenvolvido e era como um gato maior, já arregimentava ímpetos estranhos em seu andar resoluto. Ninguém se aproximava dele, isso era sua delícia. Os inimigos todos arrefeceram, como um degelo transformou-se em água todo o pensamento de agressão contra ele, os olhos ficaram opacos de terror, seu nome nem era mais pronunciado. Assim ele passeava com sua rainha, com seu talismã. E ela encarava qualquer proximidade como uma possibilidade de ira. Então arreganhava os dentes branquíssimos, as garras afloravam, e escarvavam a grama rala que entre as lajes assomava constrangida.

Começaram a sair pela manhã, iam à praça. Logo a praça ficou deserta. As crianças instauraram o pânico, as janelas todas se fecharam, o rapaz e sua fera desfilavam entre margaridas e violetas, ela fulgurando sua pelagem sob a luz do primeiro sol. Depois começaram a andar o dia inteiro só voltando para casa nas horas das refeições. A mãe dele nem aparecia mais, estava sempre atrás das portas que o separavam, com sua fera, do resto da casa. Fizeram de seu território o jardim, o corredor e o quarto. Sobretudo o quarto, onde se refestelavam e ele suspirava sorrindo sob o peso quente daquele corpo que o absorvia numa espécie de ciúme feroz e animal, fina flor do instinto numa região de silêncio.

O rapaz perdeu aos poucos uma série de pontos de referência com os arredores. Via as pessoas todas de rosto voltado, ninguém resistia à visão da jaguatirica. A calçada por onde passavam revestia-se incontinente de uma alarmada solidão. O cheiro do animal fluía entre as árvores, debruçava-se nas trepadeiras sobre as grades do jardim, e recolhiam-se as gordas criadas com seus papagaios, porque o rapaz vinha com sua fera, recolhiam-se os adolescentes pálidos e deslumbrados, as raparigas informes na raiva de crescer sem a luz da graça, recolhiam-se os vagabundos e seu passo envolto em poeira, perdidos num mapa de tédio que era ao mesmo tempo um labirinto opaco, recolhiam-se as folhas tangidas pela aragem, e os ninhos se crispavam forrados de pétalas e fiapos, quando o rapaz passava com sua fera. Estavam irremediavelmente sós. Então ele começou a procurar um inimigo. Foi nos lugares iminentes, passou pelas esquinas onde a ameaça pairava como uma espada balouçante, sabia de um desafeto, rondava seu sítio escuro e imprevisto, sempre com a sua fera. E ninguém mais apareceu. Então o rapaz começou a encarar a fera como o seu maior inimigo, sua proteção era já uma carga. Ela o mirava irracionalmente, amorosa na medida do perigo que representava para tudo o que não fosse a existência do seu dono. Ela não percebeu quando o rapaz a olhou pela primeira vez com um certo rancor, os ácidos da perfídia corroendo os dentes cerrados na crispação daquela obsessiva proteção. Quis falar, mas ela não compreendia. Quis pedir que não protegesse tanto. Era tarde. Cega, a fera o rodeava com sua aura, uma certa morrinha, suor de erva amarga e carne triturada entre dentes cautelosos. Ossos, ponderação de ossos esmagados em suas mandíbulas – tudo funcionando como uma engrenagem de ameaçante vigília. Um dia tentou deixá-la em casa. Ela arrebentou a corrente e foi perto dele, tão perto que muitas vezes tropeçou nela, entre suas pernas a ânsia de ser ainda e sempre uma arma inseparável. Não havia mais inimigo capaz de coexistir com ele. A fera o separava de tudo o que fosse perigo, e assim já não sentia o gosto da vida. Sabia que nem cairiam árvores, que nem seria imprensado entre portas automáticas, nem seria atropelado, porque a fera estava com ele, e a própria morte se afastava decepcionada das intrincadas selvas por onde desde sempre implantou seu ovo de putrefação. O terror da proteção foi invadindo o rapaz. Um dia, enquanto a fera repetia a mais que sabida lição de saltar do chão para sua cama, de sua cama para o chão, do chão para sua cama, nesse dia procurou avidamente o revólver guardado na mesa de cabeceira de sua mãe – dela já nem se lembrava, de tal forma se fundira no não ser da projeção da fera. Com o revólver na mão voltou a tempo de surpreender a fera no amoroso salto que era um jeito ainda de sempre amá-lo em sua ausência, a primeira lição que aprendera quando apenas se dera conta de ser propriedade dele. Surpreendeu-a assim, quando o corpo, como uma ordem de elos membranosos, se lançava elástico, sorrindo em todos os poros a luminosa alegria da posse. Surpreendeu-a e premeu o gatilho, o olho da fera vidrou-se ainda no ar. Como alguma coisa arrancada violentamente de sua raiz, ela voltou no ar e caiu, como uma toalha, uma grande toalha felpuda. No salto passou tão perto dele com sua estupefação, tão perto que a sua pata ameaçante roçou seu braço, e ele sentiu apenas que ela, nesse salto da morte, como uma última forma de vontade, recolhia maciamente as unhas afiadas, deixando o toque como uma decisiva carícia. E em seus dentes se pulverizava mornamente a luz da proteção.

GARRAFA DE MEL

Minha mulher entrou. Estava vestida de amarelo. Pouco depois entrou meu pai, colocou sobre a mesa uma garrafa de mel. Foi então que minha mulher, num gesto vago, derrubou no chão um ramo de flores amarelas. Sim, flores amarelas, crisântemos, não sei ao certo. Eu sei que me traíam. Não torno a perguntar mais, isso basta. Não torno a duvidar também: matei meu pai. Depois fiz um buraco e enterrei, agora isso me dói como no ano passado: eu tinha me ferido profundamente no braço, na roça, depois senti frio e coloquei o casaco, sobre a ferida. Depois o casaco colou na ferida, sobre o sangue, e eu não tive coragem de tirar o casaco à noite. Porque doía. Mas não doía de dor que se sabe. Era diferente: uma impressão sombria de que a carne continuasse naquele tecido, pregado, e arrancar seria como arrancar carne da carne (como é que podem fazer isto? matar crianças no ventre, e arrancar...).

Agora a traição do meu pai dói em mim como aquela pasta de carne e fazenda a pouco tempo da gangrena. Foi preciso a enfermaria, mas não existe enfermaria para o crime. Matei meu pai e o enterrei sob a goiabeira. Ela estava de vestido amarelo, atente bem... Amarelo! Isso era o primeiro sinal. O azulão cantou no galho perto, quase dizia o nome dela, advertindo. Ela não quis ouvir.

Depois a garrafa de mel, um mel dourado e doce que logo trouxe moscas. Ela estava representada naquela doçura que ele implantava em minha mesa, imagino, em minha mesa, e era meu pai que deixava ali aquele mel. Tudo me veio à goela como um bolo de vômito. Ela estava decotada e arfava. Eu sei exatamente como era seu seio. Só não sabia o gosto do mel que meu pai deixava ali, como um sinal. Depois ela derrubou as flores e empurrou com o pé, para debaixo da mesa. E falou que estava com enjoo, e todo o sinal de filho. Eu não pensei que fosse dele, que pudesse ser dele, porque a amava, e sentia que nada houvera ainda de carne a carne. Mas havia o pensamento de cumplicidade: o mel, o amarelo do vestido, os crisântemos. Por isso eu decidi afastá-lo. Meu filho estava ali, próximo. Por isso eu decidi afastá-lo e ela não recusou quando meus olhos fuzilaram sobre ele. Imaginariam o que eu lhe reservava? Ela não soube de nada. Ele só viu a enxada erguida e não gritou. Meu pai. Exatamente meu pai. E a enxada erguida. E tantos golpes (como custa uma morte – como ele custou a se abandonar... Depois o sangue se misturou à terra e o azulão tornou a cantar: Só ele viu). Agora dói, dói em mim como o braço quase gangrenado ligado à fazenda do casaco. E eu vou-me embora. Meu filho está a caminho e eu vou-me embora. Ela me traiu em pensamento, só. Depois do crime, e embora não saiba dele, ela não ousará jamais me trair. Porque vai ter um filho e está ligada à terra, e na terra está o corpo mutilado de meu pai. Ela estará casta sem saber que irresistível força a conduz a isso. Não sei por que estou contando isso ao senhor, aqui, nesta beira de estrada. Estou fugindo e me confesso aqui como se prestasse contas à tribo. Talvez seja isto, eu deixo tanta coisa e não posso eternamente dar conta de meu pai, uma vez que ele foi sujo e pousou na mesa aquele mel. Se você visse o sol que a tarde estendeu sobre a toalha branca e, atravessando o território dourado do mel, pousou sobre a minha mão! Aqueceu até queimar. Era um calor envenenado. Eu deixei, para saber até onde ia a perversidade daquele velho. Ele fumava à porta com o pensamento longe. Ela não tirava o vestido amarelo e falava, foi no falar que eu reconheci sua inocência, falava como uma criança. Tudo estava nele, era preciso afastá-lo com seu silêncio, seu cigarro, e aquela garrafa de mel. Agora estou tranquilo. Agora estou tranquilo. É esta a estrada que leva a Santo Antônio de Pádua? Depois? Não sei. Mas vou. Com este frio é preciso andar. Enquanto isso meu filho cresce dentro dela, e meu pai apodrece com sua intenção emporcalhada. Sei que vai morrer o pé da goiabeira que o cobre, e é uma pena. Sim, é ódio, aceito. Mas procurarei fugir disso. E, para não ser infeliz, exatamente. Para não ser tão infeliz. Neste embrulho? Quase nada. De importante só o vestido amarelo, estava manchado dos olhos dele. Ela não vai me procurar, vai entender tudo. E não tem mais nada a ver com o meu destino. Tem um filho crescendo dentro dela. A garrafa de mel? Enterrei com ele. Mel com mel, o mel doce das flores do nosso quintal, e o mel amargo da sua carne dissolvido. Tudo para os bichos que nascerão dele. Não sei por que se fez esta noite profunda. A garrafa de mel brilhava ainda sobre aquele peito. E a noite profunda veio comigo até aqui. Não, não vejo sol nenhum. Desde o ouro do mel que eu não vejo nada que se pareça com o sol. Meus olhos nublados, e eu já tenho ódio. Mas o sol não aparece, e meus pés estão frios. Desculpe, desculpe por isso, por tudo isso, esta conversa. Já é tão tarde, e Santo Antônio de Pádua está longe. Fique com Deus.

O CHAVEIRO

O chaveiro era uma sereia dourada, movia a cauda – o corpo se compunha de três partes escamadas de metal –, a flexibilidade era como aquela do peixe sob a luz (uma espécie de ser para todos os lados, no entanto amarrado a um soluço de prata). O peixe tem um nó no centro exato de seu corpo, e o centro se irradia da carnação onde é mais profundo, até o extremo ricto da boca azeda e do olho aquoso aureolado de permanente desespero. Sobretudo a cauda – todo o nó do peixe vai depender da cauda cujo leque é o único sinal de liberdade do peixe. A sereia era assim, quando o homem a viu na vitrine pensou que fosse de ouro. Os cabelos, os seios, a posição vaidosa e primária das mãos, tudo parecia ouro, de tal forma brilhava.

Quando regressou da viagem, ao abrir a porta, notou que os seios da sereia estavam descoloridos, e não era propriamente esta negação do ouro que se chama prata, esta outra luminosidade não ostensiva, preciosa sem ser chama. Não era isso. Sob o ouro, de repente gasto como se o tivessem lixado, aparecia um brilho pesado, como o metal das fábricas, das grandes máquinas cegas que movem o mundo e que o coração não imagina em que pré-história teriam sido geradas. Era assim, como se a sereia de repente se fosse transformando numa cremalheira, numa engrenagem ruidosa e de insuportável monotonia. Pensou em dar-lhe um banho de cobre. Esfregou a protuberância, nua de ouro, de seio afetado. Guardou o chaveiro e entrou. No chão havia um papel. Leu: ordem de despejo judicial com data marcada. Sua ausência do Rio significara abandono de causa. Três chamados a juízo sem resposta e sem comparecimento. Caso perdido. Ali estava – inconscientemente afagou a cauda ainda intacta da sereia dourada. Entrou, e a casa estava de costas voltadas para ele. Viu, como nunca, as manchas nas paredes, os pregos sem quadro, a falta de um mármore na sacada, a banheira manchada de ferrugem, viu tudo. Saiu para telefonar. Na algibeira a sereia sacudia a parte móvel e inferior de seu corpo, com rara participação na fábula que começava. O telefonema não resolveu nada. Era caso perdido. Procuraria a dona do apartamento, quem sabe uma proposta. A dona estava morando em Nova York. À noite foi ao cinema. Ao voltar notou que o outro seio da sereia estava também se dissipando em ouro, para surgir em metálica dureza. Dormiu, inquieto – por três vezes despertou temeroso, vendo sombras novas que ali se instalavam, sombras que se sentavam pelos cantos, esperando o momento de serem donas daquela casa desabitada. E ele não digladiou com as sombras, porque em verdade se sentia na rua, o frio da noite era o mesmo das praças onde podiam dormir vagabundos e itinerantes, só que ali, com ele, se acobertavam sombras. A primeira noite passou, ele despertou exausto. – Os olhos ardiam, cansados. Os lençóis estavam ásperos. Havia de repente pulgas ali, via os sinais de seu sangue salpicando o travesseiro. Aos poucos aflorava uma mansarda, naquele recinto ordenado onde vivera dois anos. De dia trabalhou e tratou de convencer-se de que não era assim. Mas era assim. Foi quando veio o amigo da Europa, via Nova York. Lá conhecera a dona do apartamento, velha de olhar deslumbrado que contava histórias de perseguição e de livros que iria publicar. O amigo repetiu a frase que ouvira da velha senhora: "Não quero despejar ninguém, quero aumentar o aluguel pois estou perdendo dinheiro". Com a frase numa bandeja procurou o Procurador. A frase foi como uma chave, tudo parou até se saber exatamente o que queria fazer a velha senhora. Naquela noite voltou para casa mais animado – a sereia dourada apresentou seu primeiro fulcro na cauda, perdia definitivamente a cor, como ouropel de camelô fulgindo um coração momentâneo e sem caráter. Mas daria logo um banho de prata, e ela resistiria para sempre. Dormiu, trabalhou, cada dia formulava um novo esquema. Se ficasse ali pintaria tudo de novo, compraria uma arca, objetos de opalina para o banheiro, onde colocaria muitos e variados sabonetes, algodão, colônia. Queria também um espelho, não como aquele antigo emoldurado de veludo vermelho. Um espelho discreto, com um banco de igreja embaixo. Começou a decorar mentalmente o apartamento. Assim dormiu fazendo planos.

Um dia lhe informaram que a velha senhora estava no Rio. Marcou encontro. Sugeriria alugar – imaginava uma proposta modesta, afinal o edifício não tinha elevador, roubavam as lâmpadas da escada e a água dependia da boa vontade da vizinha do térreo que isolara a bomba em sua área. Não falaria, é claro, no preço inestimável das amendoeiras e da lagoa ao longe, prata e azul nas tardes flutuantes. Não falaria nos pássaros marcando a hora certa da madrugada, não falaria nas visitas habituadas aos mais imprevisíveis horários, e que quebravam a solidão com a persistência de um destino. Não falaria nas muitas coisas que o faziam feliz ali, isso significava um preço que ele não poderia pagar.

O encontro com a velha senhora resultou em recuo. Ela queria cento e trinta e cinco mil cruzeiros de aluguel. Ou vender: doze milhões. Ambas as hipóteses lhe pareceram loucas. Não valia – repetiu, e repetia-se: não valia. Está louca, louca!

Naquela noite, ao abrir a porta, a sereia escapou-se-lhe da mão e caiu no chão, esparramando chaves pela treva. Juntou tudo com certo receio, entrou, dormiu apreensivo. Então começou a tecer a trama das conveniências. Pensou em comprar um apartamento, reuniria o dinheiro de algumas ações, mais uns dinheiros de trabalhos extras. Alugaria o apartamento onde estava até dispor da importância para a compra. Depois apareceu outro apartamento, ótimo lugar, ótimo preço. Mas havia um Desembargador na frente. A filha do Desembargador ia casar. Como o apartamento onde moraria não estivesse pronto, se instalaria provisoriamente naquele, o tempo da lua de mel. As coisas iam e vinham, como vagas. E começou a odiar aquela sereia que lhe sustentava as chaves cada vez mais inúteis, sobretudo porque perdia paulatinamente todo o ouro, escama por escama. Objeto falso, comprara--o luminoso numa vitrine do Chile. Ali estava, já com o flanco inteiro transformado em metal sem valor, com brilho de ferramenta.

Aos poucos foram aparecendo chances, logo submersas. Sua não esperança talvez concorresse para isso, pois olhava os bons augúrios com uns olhos de tal forma despedidos, que logo tudo era miragem. De miragem em miragem, tomou-se das forças para uma nova proposta à velha senhora. Fez uma lista de consertos que o apartamento necessitava e disse que fazia os consertos desde que o apartamento lhe fosse alugado por X. A mulher nem tremeu, sob a pálpebra frouxa brilhava a obstinação. Cento e trinta e cinco, nem um cruzeiro a menos. Quanto aos consertos, o inquilino anterior teria que entregar o apartamento novo. Tudo se complicava, o inquilino anterior, seu amigo, estava doente e impossibilitado de assumir qualquer responsabilidade. No transe dessa enfermidade, que fora quase mortal, ele ocupara o apartamento do amigo, dois anos, enfim, irregulares. O processo contra ele correra sob o item sublocação. Ele, a sereia e todas as manchas eram intrusos – disso sabiam aquelas sombras que cada vez mais se amontoavam nas suas noites de insônia.

Voltou com a sensação de ter realmente perdido. A velha senhora tinha inclusive falado em morar naquele apartamento, desinteressada de alugar, outra vez. Dizia isso com uma doçura prepotente. De um lado um Desembargador, do outro a velha senhora com seu nariz presente e uma cauda invisível de antigo peixe. Era como se ela fosse irmã da sereia.

Naquele dia sorriu para todo o mundo, com receio que descobrissem sua aflição. Não deixaria transparecer essa sarça marrom que lhe asfixiava desde o peito até os lábios. Alguém insistiu que ele estava triste. Negou, mas o outro insistia – lembrava o rosto e a boca como num espelho, repetindo: "você está triste". Ele negando, se defendia. Não entregar-se visivelmente. Apertava na algibeira a sereia, comprimia-a assassinamente. Podia sentir seu sorriso, só de apertar nervosamente a flexibilidade de seu corpo – irmã gêmea da velha senhora. Nem de prata, nem de ouro, verdes de azinhavre e obsessão.

Naquela noite, perdidas as chances previstas, e com a voz que lhe delatava a tristeza, soando em seu ouvido, chegou em casa. Ao puxar as chaves viu que a sereia estava mutilada. Sem cauda. Procurou na algibeira, no chão, nada. Voltou um pedaço do caminho. Nada. Recompo-la-ia... Por outro lado pensou em desfazer-se dela, definitivamente, como um objeto irrecuperável, como uma lata amassada, como um espelho partido. Desde o primeiro grânulo do ouro dissipado fora vendo a independência da sereia que, ao ir-se, enfeitiçava as chaves e lhe roubava a casa. Ali estava, apenas o busto de mulher, o sorriso de vingança, os cabelos ondulados, sem cauda, sem corpo. E tudo perdido, tudo o mais desfeito como um contrato rasgado, um nome sem reconhecimento.

Sem perspectiva nenhuma, decidido enfim a entregar-se, dormiu o último sono perfeito ali. Não viu as sombras, não despertou para beber água sem ter sede como de outras vezes, não se apertou a cabeça perguntando "o que farei". Apertou docemente a sereia partida entre os dedos, dormiu assim. Fora, as amendoeiras fundiam-se gozosamente na sombra. Dentro, a sereia descascava pacientemente o último ouro de seu umbigo.

MOÇA NA JANELA

Arrumou o relojinho de pulseira de ouro, premendo o braço contra o seio – um furo mais para dentro, correu a fivela, ajustando-a no pulso. Um pássaro esbateu-se contra o vidro. Assustou-se. Logo sorriu de que as coisas aconteçam imprevisíveis e de que existam pássaros, e andem tontos a ponto de arrostar os vidros empoeirados. Além, a manhã se estendia em claridade até as águas da lagoa. Moça esperando que o tempo passasse. Seu recém-sair da adolescência era um heterogêneo de dever escolar e inquietação, cada olhar que a sondava recebia um estremecimento que o pudor aureolava. Moça na janela: o pássaro voou mais longe e se perdeu. Num instante pensou: "Onde vou?". E percorreu com os olhos o que podia abranger da calçada e das amendoeiras. O mundo não termina ali, pensou... e outra vez sorriu, loucamente triste de não ter coragem de navegar e dar a volta à Terra. Mas o que faria tão só? A avó surda não atendia ao telefone, e ela voltou-se num cair-entre-as-
-quatro-paredes que logo ensombreceu o dia. O telefone parou de chamar exatamente no momento em que o seu gesto preguiçoso de atender prendeu o pássaro escuro da realidade. Parou, e ela imaginou quem recorreria àquela casa sem remédio, naquele momento. Gostaria de ter atendido e que fosse engano... as vozes sempre tão

bonitas, e o coração as esconde. Não se sabe nada e tudo se pode adivinhar. Gostaria mesmo de dizer seu nome ao desconhecido, menos que era feia. Ah, isso não... Tivera mesmo um romance telefônico que se prolongara em paisagens subjetivas, em interjeições e reticências. Até o dia em que o homem ousara uma sugestão que a assustara deliciosamente. Mas nem dizia seu nome verdadeiro. Bebia as vozes que chegavam não sabia de onde, imaginava quem estaria do outro lado, e não retribuía com nada de si mesma, a não ser a ânsia de estar relacionada, o que era a delícia de todos os casuais enganos de ligação. Os homens não desistiam nunca de um diálogo infrutífero, prendiam todos os fios da possibilidade de uma escravização que ela pressentia ser uma lei natural, a que ofuscara sua mãe num casamento desastroso, e que atraía cada mulher para um crepúsculo de solidão e subserviência. Onde ficava o amor? Era cedo para presumir o que estivesse perdido. Mas sabia que era feia. Embora tudo indicasse que os entendimentos não dependiam da graça, esperava que fosse por sua porta que se chegasse à segurança. Assim, de início apagada e silenciosa, naquela casa de adultos fanados, vinha-lhe pelo sangue uma velhice inconsciente e dolorosa que mais vincava os traços de sua perdição. Perdição para o nada, isenta. E não chorava porque não pensava na morte. Estava condenada a uma eternidade de desconfiança e temor, com alguns relances de boa-fé.

 O sorriso que ontem passou e do qual lembrava apenas o perfume (se possível), uma espécie de névoa azul que ficara buscando dentro de seus olhos uma espécie de melodia, o que era? Aquele sorriso agira como um corrosivo benéfico que fosse rompendo as arestas até uma sensitiva luminosa. Diante de um sorriso como o do moço da farmácia no seu guarda-pó branco, era como se uma janela se abrisse. Algo a incomodava depois daquela manifestação, a cor de seu vestido e o decote ingênuo... Já era uma mulher, essa coisa misteriosa que aflora e se impõe muito além de qualquer nostalgia.

Debruçou-se mais para o lado de onde viera, no dia anterior, o moço da farmácia. A rua estava vazia, e a possibilidade de sorriso bailava, ah, o pássaro esbatendo-se no vidro, esbatendo-se. Qualquer coisa devia acontecer. E a guerra? Tinha medo da guerra. As explosões da pedreira, muito perto dali, faziam tremer a casa. A guerra era muito mais grave: morrer ali, com a avó e a mãe, era uma tragédia completa. Ninguém mais forte para lhe dar o braço, para amparar seu pânico de incompreensão diante do inexplicável. O que era a guerra? Não tinha noção nem das razões nem das finalidades. Sabia que era um recurso de fúria arrasando legalmente o mundo construído a custo. Seu mundo era isso, uma paz arrancada do silêncio e da espera sofrida. Suspirou. A guerra não devia vir; era invenção, pelo menos ali. Para quê? Que importância para o mundo teria a rua que se estendia ingenuamente num esboço de província? Ali estaria garantida e nem queria amor nesse momento, amor que a obrigaria a se desembaraçar de sua cômoda rede de cautela para se arvorar a pássaro a bater contra os vidros invisíveis, os vidros.

Era feia, para que o amor? Um corpo que se estendesse a seu lado, e não imaginava mais que essa presença estática, essa coexistência estática. Suas amigas sabiam coisas que a horrorizavam a respeito do que os homens esperavam das mulheres. Arregalou os olhos para um caracol que passava carregando sua casa, num desprendimento de tudo o que não fosse vagarosidade. Voltou ao seu pensamento: para que o corpo amado? O assobio no banheiro, o pincel de barba, as toalhas cheirando a lavanda. Isso era o homem. Bom seria de noite, repousar lado a lado, sentir um coração palpitando no mesmo lençol, um coração vigilante como um cão de guarda. Estaria protegida da morte e da guerra, sob o embalo daquele mergulho. Sempre pensava no amor como uma possibilidade de não estar só, nem desperta. De estar dormindo como antes da nascença, na mais absoluta segurança. Era feia e pobre nessa condição que lhe parecia acarretar a cada instante uma injúria dos outros. O que eram os outros? Imaginou-se viva no corpo das pessoas que admirava por razões diversas... Logo cansada do esforço caía em si mesma. A janela era até certo ponto sua única alma. Dentro da casa, com a mãe e a avó, estava materializada e inútil. Ao abrir a janela, quando a mãe partia para o trabalho e a avó se entregava às lidas domésticas nas outras peças, então se sentia uma rainha. Ninguém invade a casa de ninguém, e de uma janela se pode abranger todo o mundo. Pelo menos o pequeno mundo integral de um pedaço de rua. Não chorava nunca, nem se sentia desgraçada. Na janela, vinha até seu cabelo uma aragem que era uma promessa. Uma pequena folha pousou em seu ombro e logo tombou. Pensando no pássaro afoito, seguiu a folha em queda. Logo suspirou fundo e num gesto de proteção inconsciente cobriu com a mão a orla do colo que o decote diminuto deixava livre. O calor de sua mão a inquietou, olhou os dedos gordos e curtos, a pele intacta, e tornou a proteger-se com aquele instrumento absolutamente seu de apropriação e rumo. Cansada, trocou de perna para o apoio do longo pensamento matinal na janela. O contato da parede penetrou-lhe um arrepio a que se rendeu. Algo acontecia dentro dela – o sorriso do moço da farmácia deixara a mesma semente de angústia em sua carne. Mas o que faria com seu corpo? O que faria com a parede? Inertes. Esperaria que ressuscitassem com a palavra de eternidade. E como trataria do avental branco do moço da farmácia, para que ele passasse com seu sorriso milagroso, sempre, no tempo em que os pássaros se esbatessem surdamente contra os vidros!

De tudo lhe ficava a garantia de não ter pecado. A janela era como um escudo, e ela não esperava transições que a envergonhassem: as quatro paredes do quarto quase sem móveis, e na semiobscuridade fechava-se uma flor implacável. Ela era tudo, era a esperança e o tremor. No fim se cansava e nem era tão suficiente o panorama. Uma menina loura pisava sobre a folha caída há pouco, protegendo o pé descalço contra o calor da calçada a pleno sol.

Impacientou-se e puxou rapidamente a veneziana, entrando para o túnel.

OS URUBUS

A simplicidade mansa dos urubus vinha até a fímbria da lagoa, e ela se admirava. Ela se admirava de que assim como os cachorros, com seu andar claudicante, viessem olhar a areia à cata de detritos. Ela vinha pela manhã, antes de todo mundo, porque a solidão lhe trouxera aquele hábito de madrugar como se o mundo estivesse desobstruído de interesses que a excluíam. É incrível a história do coração dos simples desamados. E ela começava a estimar o bando de urubus, com que não se comunicava, mas que via sem susto seguir o mesmo caminho pelo qual examinava as águas, perdida.

Eles, quando pequenos, vomitam à aproximação de gente (ela soubera disso). Talvez porque seria inútil deixar de ser apenas o higienizador útil e desprezível, a se articular com os homens. Sobretudo feios, esta feiura principalmente dissocia os laços. Desde passarinhos os urubus já conheciam sua sina, e vomitavam de pudor, de escrúpulo. Ela não vomitava, mas era feia e inútil, ainda mais gravemente só do que os urubus em relação aos homens. E todos os que passavam por ela olhavam-na até o fundo, para não ver nada, e ela mesma não pressentia nada em si que pudesse ostentar para sinal de presença. E se envergonhava de si mesma. Os urubus não iam a tal ponto porque não sabiam, na verdade, do seu posto, e não se interessavam pela convivência, uma vez que tinham o seu faro em comum e as festas de carniça em que gastavam o momento melhor de suas emocionadas aerovivências. Ela olhava os urubus com pena de si mesma.

Um homem, dois homens, três homens. E aquele tédio. Os urubus não conheciam os homens de sua vida e não sentiam ciúme de sua fraqueza. Ela não comeria a carniça que eles, se fossem mais humanos, lhe ofereceriam. Mas não são humanos e a deixam livre. Um homem, dois homens, três homens. Detalhes? Não lembrava mais.

De repente a sombra de um corpo cravou-se na pedra próxima do banco em que estava. Não levantou os olhos. Um urubu se expunha próximo, não se perdeu dele. Pensou: "Podia ser a salvação". Ah, esta terrível esperança que não abandona os humildes.

Quando descia da favela para a lagoa pensou que houvesse acabado o mundo. Ninguém na rua, apenas o róseo tom da manhã e o verde sujo das águas do outro lado da avenida. Agora ali cravava os olhos observando o urubu. Ele sonhava, certamente. Numa perna só equilibrava mal seu corpo negro, mas sua negridão era tão integral que impunha respeito. Sentiu desejo de ir e acariciar o lombo negro-azul. E o cheiro? Se realmente cheirasse a carne podre... Carne podre... Aquela sombra imóvel, ali perto, também guardava carne podre. A sombra que se cravara minutos antes na pedra próxima, e que era a sombra de um homem (percebera-o pelo volume de seu ácido rigor). Era vigiada curiosamente. Aquela sombra também guardava carne podre; ela odiava os homens, ela era feia e desengraçada. Só que não conseguia vomitar quando o homem estava próximo, tão próximo como naquele momento. Mas estava indefesa na manhã clara.

57

Não ousou olhar o homem que a vigiava desassombradamente, como o leão olha a corça encurralada. E a sombra não se movia, estava ali, cuidando seus mínimos movimentos. Não seria certamente um assassino (há dias começara a sentir medo de todo mundo, dava largas voltas para não passar pelos grupos de homens, porque a desnudariam e cravariam os dentes em seus ombros e a maculariam até a medula para depois abandonar seu corpo exangue e inútil).

A sombra não se movia. O urubu olhava, olhava. Ela teve vontade de chamar o pássaro como se chama um cachorro, para quebrar o silêncio. Se ele viesse alegremente, ela estaria salva. A alegria desanuvia o combate. E era um combate o que certamente se armava no pensamento daquele homem que a espreitava como uma pedra espreitaria se pudesse. Aquele silêncio e aquele terror a denunciavam para o provável assassino. Tremeu. Pequena em seu vestido puído sobre a pele, tremeu. Se ele soubesse, sobre a pele. Não, ele quem? Nem sabia ao certo se era um touro, uma águia, um homem ou um minotauro. Quem era? Jamais olharia, mas tinha medo que a sua carne gritasse de pavor, por todas as células, então o monstro saberia que era débil a sua vítima, e que se entregaria para a morte como uma pomba de espuma. Olhou firmemente o urubu. Ele voou. A sombra se dissipou. O homem se afastava também. Pressentiu que ele ia longe, a desistência destilou um perfume ao seu redor. Suspirou, estava só de novo. Ousou erguer os olhos para o lado contrário. Já não havia ninguém. Sofreu. Pena? Impaciência? Tédio? Era feia... Feia e sem alegria, mesmo para a morte os brutos encenam a alegria. Que fizera ela pela madrugada mansa da lagoa, com aquela sombra de medo e aquela solidão?

Os urubus, donos de nada, ciscaram ainda uma vez a areia despida. Nem os corpos mortos existiam para a sôfrega malta de príncipes noturnos. Nem os corpos mortos... Mas ela sabia que o que a unia a eles era aquele cheiro que lhe vinha da alma, cheiro de coisa enterrada há quatro dias, que vinha rompendo como um óleo a parede de cal de seus olhos ainda vivos. A sombra partira sem vestígio, o homem atrás da sombra nem sequer se identificara. Os urubus vinham como cães, tão perto de seus pés, que quase lhes sentia os bicos agudos saudando a festa de esquecimento que trazia.

O ANOITECER DE VÊNUS
(1998)

A CHUVA

A chuva fininha começou a cair. Zenaide ergueu os olhos angustiada, puxou a túnica de cetim branco costurada no corpo e apertou a vela entre os dedos, a chama apagando-se. Como um véu, leve e agradável, a chuva era pouco mais que um orvalho, nos ombros de Zenaide teve o efeito das cinzas quentes que o vento soprasse de uma fogueira. Zenaide percebeu os olhos cravados nela, sobretudo da ala da irmandade que antecedia sua passagem. O homem que carregava a escada, vizinho de seu casebre no Boqueirão, desviou o olhar constrangido, e essa dissimulação doeu mais ainda. Logo fariam a primeira parada, e ela subiria naquela escada para cantar sua ária, desenrolando o lenço com a face de Cristo impressa em tinta vermelha. A chuva manchava seus dedos do vermelho daquela tinta, percebeu. Sangue, sangue de Cristo, e os senhores da irmandade, políticos, comerciantes, patriarcas, representantes diretos da virtude, pousaram nela aquele olhar pesado como chumbo, como se de seu pescoço pendesse uma pedra tão grande que a arrastasse para o fundo do mar. Ouviu o mar, ao lado, batendo nas rochas e salpicando a terra do pequeno cemitério atrás da igreja. Pensou em recuar até o mar e perder-se nas águas, a chuva avolumando-se lentamente. Atrás dela o esquife do Senhor Morto, coberto de veludo negro, um lenço roxo no rosto. Uma coisa, como um pássaro perdido, colou-se aos seus cabelos, o lenço roxo que cobria o rosto de Cristo. Os membros da irmandade, com um movimento igual, perceberam o acidente, e houve uma pequena parada. Cristo está com o rosto descoberto, pensou Zenaide, e deve estar me olhando também. O mesmo vento que arrancara o lenço roxo do rosto de Cristo embaraçava seus cabelos, e a chuva não cessava, ao lado o mar, apenas ruído, e o sino da igreja tangendo finados na hora máxima daquela sexta-feira.

Zenaide sentiu-se tonta. Vou desmaiar, pensou, e fez-se uma sombra compacta, as velas todas apagadas, só lá embaixo a cidade com a pobre fieira de luz marcando o percurso da procissão. Zenaide viu a praça fervilhante, centenas de olhos a mais que estariam esperando para ver o anjo cantor denunciado pela chuva. Eu sou virgem, como vou provar que sou virgem?, indagava-se em pensamento, os olhos com lágrimas mais pesadas do que a asa do chuvisqueiro. Naquele momento a banda iniciou a marcha fúnebre, o pranto crescendo dentro dela. Os instrumentos pareciam arrastar uma capa de dor.

Os olhos dos membros da irmandade assumiram a postura de contrição e alheamento quando Zenaide rompeu a fila lateral da procissão e correu escada abaixo. A melopeia pouco afinada da banda sequer entrecortou-se de um suspiro, os sopros dos músicos inalterados. O homem da escada sentiu falsear o pé e apoiou-se na própria carga. Encarou aflitamente o jovem padre, esperando uma orientação sobre o que fazer quando chegassem à primeira parada, ele depositando a escada e todos percebendo a ausência do anjo cantor e da exposição da Face. Teria poucos minutos para solucionar, o povo já se aglomerando no lugar onde a procissão engrossava de acompanhantes, atravessando a praça momentaneamente calma. Zenaide, enquanto isso, enveredava por um beco que dava direto no mar, na praia principal da rua sem iluminação, deserta àquela hora. Apertava o peito como se segurasse o coração, uma dor fininha penetrando como agulha, apertando contra si a dor e o lenço da Santa Face. "Se chover é porque o anjo cantor não é virgem", lembrava a fala irônica de uma das tias auxiliando na ornamentação do andor: ela ensaiando na sacristia as notas arrastadas e tristes do *vide omnes*. Todas as beatas rindo, a carinhosa malícia de um comentário sem profundidade, coisa assim como a piada de salão numa hora de tédio. Era a tradição. Mas jamais chovera nas procissões de Sexta-Feira da Paixão, também sabia disso, e estava tranquila, e certa de que desta vez não choveria mesmo, pois era realmente virgem. E "as outras coisas", pensava naquele momento em que corria sozinha em direção à casa, eram coisas que se permitia com vários namorados e que levava na conta de pecados veniais, por vezes nem confessando, envergonhada e certa de que Deus sabia a extensão de seu desejo e o cuidado que tinha em preservar para Ele a sua virgindade, desde que lhe disseram que um dia seria o anjo cantor.

Ficava longe o Boqueirão, como ficava longe! Queria chegar, esconder-se e não olhar o pai e a mãe, os irmãos, os vizinhos, dormir no mais escuro até que o novo dia lhe dissesse o que fazer. Que Deus era aquele, pelo qual se guardara, e que agora permitia a mentira delatora daquela chuva? Os cabelos escorriam, e a dor fininha no peito crescia e atenuava, ela diminuindo o ritmo da corrida e deixando-se levar a passos lentos, gozando contraditoriamente a própria chuva que lhe encharcava os cabelos e colava no corpo o cetim barato da túnica. Não percebeu o mover-se de um vulto, sombra entre sombras, que avançava lentamente da fímbria de areia para o chão batido da rua. Sentiu correr o mijo quente pernas abaixo e apertou os lábios, cerrando os olhos. Sentia-se como um desses animais fossilizados em blocos de pedra, entre ela e a treva não havia sequer uma passagem de estado da matéria, seria gasosa, fluida ou pétrea, a chuva resguardando os limites de sua materialidade, que pela primeira vez se sentia livre, sem vontade de se definir. Já que a chuva viera, ela seria chuva também, podia dissolver-se – afinal diziam que era tão pálida como açúcar, e tão frágil quanto. Podia dissolver-se, desaparecer, fundir-se na treva, imolada. A ideia de proteger-se em casa, de enfrentar o julgamento doméstico e tudo ficar na mesma – assim seria, estava certa – já não a satisfazia. Não chegar – Boqueirão era longe, tão longe! –, isso sim era uma promessa fascinante, ir por aquela estrada e sentir que a chuva não cessava, não cessaria mais, e que a vila de Saquarema fora um sonho, sua casa uma aspiração sem sentido, fragmentada no desacerto de tudo o que ela esperava da vida, o que não combinava com pobreza, virgindade, obediência aos vaticínios. Bendita chuva, molhada até os ossos bendizia, agora os passos eram mais lentos, e percebeu a sombra instalada à sua frente, uma árvore?, ali não havia nada além de uma vegetação rasteira – um grande peixe enfeitiçado e pré-histórico, de repente anfíbia aparição? – sorriu de sua própria febre. Foi quando a mão macia e forte segurou seu braço, e ela viu definir-se um rosto, a barba apontando e o olhar negro, mais negro que a treva, cintilando, e o sorriso – disso não esqueceria –, fortes dentes lembrando aqueles colares ritualísticos, brancos dentes perfeitos de feras abatidas. Deixou-se apertar naqueles braços e sentiu os pelos do peito, e enlaçou o pescoço rijo tateando os cabelos densos e corridos como certas crinas. De olhos cerrados pensou, um cavalo? um guerreiro? – e percebeu que a ausência de reação despertava no homem uma emoção quase infantil, gemente e devoto cobrindo de beijos a fímbria do colo, o pescoço, as orelhas, até os braços e as mãos, já ajoelhado. Depois ele se ergueu como um sacerdote e como um condutor de cego levou-a até a areia úmida e fria. Zenaide deixou-se exorcizar sem palavras. Os lábios e os dedos, a contração de cada nervo, uma imprevista harmonia de direção, como o instinto das aves migratórias procurando o clima adequado à sua sobrevivência. Consentiu em tudo, pela primeira vez convencida de seu destino. Nem chegou a perceber que a chuva cessara, fruiu o ir e vir das ondas lambendo os pés, tensos como os dos mortos, só que infiltrados de uma circulação ardente. Sentiu o corpo do homem atuando sobre o seu, até o repouso integral, e a própria ausência do corpo cuja decisão não conferiu. Abriu os olhos imersa em solidão, uma aguada roxa dividindo o mar e o céu, cortando a película da noite – baixou a túnica o anjo cantor, e sacudiu a areia do lenço de Verônica, amarrotado, a Face transformada em mancha sanguínea e quase abstrata. Vislumbrou as silhuetas dos centauros com suas pranchas, assim andavam aqueles homens surgidos como antevisão da madrugada, andar garboso de animal selvagem e de espáduas olímpicas. Ergueu-se, recompôs-se o quanto pôde, retomando o caminho de casa. Uma sensação de toque de um animal coleante e macio arrepiava ainda a pele fria das coxas, acariciou-se erguendo a memória. Nada sabia do homem que a chuva lhe trouxera como um cireneu, fazendo da metade de sua cruz uma vertigem de glória. Como seria sua voz? Lembrava a firmeza de seus dentes, os lábios carnudos e desencadeados num reconhecimento epidérmico, a aspereza de seus pelos elaborando a qualidade do percurso. Agora ia adiante, e não se sentia sozinha. Forte, tão forte. Em casa a família reunida vigiava o caminho, e ninguém se moveu até que ela entrou e, diante do pai, transpassou de um olhar fulgurante o grupo estupefato. Recuou à força da bofetada paterna, entre os lábios rudes do agressor um grunhido triturado. A mãe desviou o olhar, os irmãos sorriram compensados da grande espera. Recebida e punida, como esperava, entrou para o quarto humilde no fim do corredor. Num gemido triunfante acariciou as pernas abertas, sabia agora a grande ária secreta asfixiada pelo canto do anjo, e nem amaldiçoou o tempo perdido, o medo e a defesa da larva que retarda a metamorfose. No teto de zinco dedilhavam a música perfeita para aquele momento. Recomeçava a chover.

O FILHO LOBO

Muitas vezes indagou secretamente o que seria o amor, chegou a admitir a certa altura da vida que essa era sua única preocupação. Por caminhos e descaminhos chegava sempre ao mesmo enigma, pousava o dedo naquela pedra impenetrável e invisível, e esperava que algo acontecesse. Muito cedo admitiu que o amor fosse aquela sensação doce e apaziguadora, forrada de palavras inteligentes e construtivas. Quando assistiu às brigas de uma família vizinha, envolvendo todos os membros ao mesmo tempo, e a fúria com que se agrediam e recompunham, chegou a pensar, "eles se amam assim". Então o amor também podia ser isso? Quis no entanto um amor mais civilizado, afinal pensava e tinha consciência de certos valores, gostaria mesmo de viver em paz, o amor como uma luz. Isso, o ideal. Mas não alcançava. Quando tramava a integridade do amor, via sempre os pontos básicos escapando da medida do instrumento, e sempre que amava não obtinha resposta. Ou pelo menos a resposta vinha noutro tom, como a dissonância de certas músicas que sempre repudiava em favor de harmonias mais perfeitas. Queria o amor mais alto, correspondido, consumido de ambas as partes. E começou a amar o amor da amiga que renunciara ao sonho de um casamento para inventar um espaço de afeto onde cabia muita gente. Um amor dardejado de castidade, generoso. Foi aí que começou a amar o amor. Porque antes o amor lhe parecia uma coisa muito ligada à carne, ao prazer rodeado de segurança afetiva. Jamais lhe ocorrera ver o amor de fora, como uma vibração que não dependesse de regras explícitas, mais uma vocação do que um fato consumado. Ou pelo menos como uma construção inacabada, e perfeita em cada etapa. Entendeu também, com precisão e espanto, que essa torre era imperfeita em cada lance, e que exatamente o desgosto dessa imperfeição é que impelia ao passo seguinte, assim de desencanto em desencanto forjava uma guirlanda no tempo. Repudiou o amor do amigo que se debatia indissolúvel numa ligação imperfeita. Não imaginava poder amar o imperfeito, o desprezível. Até que naquela escura solidão do medo descobriu que o imperfeito era perfeito para o olhar apaixonado. Numa certa época recusou a paixão, doença do amor (pensava). A paixão demolidora não combinava com a ideia de amor ascendente, ele queria altura. Até que percebeu a pulsação germinada do verdadeiro amor, e juntou as partes percebidas em tantas facetas estanques. Já não se comprazia em amar o amor, como a borboleta presa ao quadro do analista, algo imodificável e perene. Não se contentava com essa contemplação distanciada e ambiciosa de sabedoria, embora gostasse de falar do amor como de uma transparência. Como não pudesse amar diretamente a quem quisera, por incorrespondência e prejuízo da própria relação trepidante, preparou inconscientemente a vida daquele ser que lhe seria a compensação e o triunfo. Inconscientemente, pensava agora, pesando os fatos que antecederam e marcaram o nascimento. A escolha do nome, o enxoval, a posse tentacular e disfarçada, enraizada na mente, esparramada pelo coração, e vibrando em cada poro como uma febre laminada. Não seria ele, seria o filho alheio, e o filho seria como seu filho, e faria deste filho uma construção, e se dedicaria a ele como vocação sacerdotal, com todos os votos sacramentais, os despojamentos e renúncias. O amor, enfim. Tudo parecia perfeito, não houvesse na fronteira o envolvimento humano de um conflito. A mãe, o pai, o sangue, as coisas sobre as quais impunha seu poder e sua obsessão. Em poucos meses o filho, o ser realmente amado, o invólucro perfeito de uma relação sem mancha, estava sob seu domínio. E foram anos de grande sofrimento. Então percebeu que amor e sofrimento são duas asas de um mesmo ídolo. O que era seu, por construção e satânica energia, consumava a ameaça da perda, porque os proprietários sanguíneos rodeavam como os lobos nas noites frias das estepes, ameaçando o fogo doméstico e obrigando os ameaçados a ainda mais se unirem. Assim o amor calejava. Quanto maior a luta, mais pungente a fortaleza. Mas as noites se sucediam, e os lobos voltavam sempre, e o filho ouvia o uivo dos lobos e sorria. Eram sons familiares. Ele apertava o filho contra o peito e tapava-lhe os ouvidos, mas o filho sorria do puro reflexo daqueles apelos selvagens.

Passaram-se os anos e eles cumpriam um percurso nítido de amor. Sabia enfim o que era o amor, e continuava sofrendo, até reconhecendo na angústia uma nova vertente de força e sabedoria. Mas o filho dos lobos cresceu e aprendeu a uivar. Os velhos lobos já não uivavam, mas o filho arrancava do peito exaurido os roucos sinais de protesto. Sonhava com a selvageria dos barrancos, os pés feridos nas pedras, a sede saciada nos regatos impuros, o relento e a liberdade. Ele não se deu conta de que com o amor consumado diminuía a liberdade, não lhe restava sabedoria para tanto – amar e libertar, amar para perder. Era ainda um aprendiz, depois de tanto tempo. E o filhote do lobo foi se transformando em lobo. E já não era de fora que vinham os uivos lamentosos. Era de dentro, da proteção e do conforto, que nascia a dor. Os lobos já se integravam à pedra de outros invernos, e o filhote dos lobos dividia o espaço da convivência, com leves mordidas a princípio, depois golpes dolorosos, que lhe pareciam sinal de um antiamor. Não podia fazer nada. Não podia lançar na noite fria o pequeno lobo domesticado, melhor seria manter com cautela o plano selvagem interior, aparando as reações, por vezes espicaçando o lobo com o ferro da lareira, ou apertando a correia em torno de seu pescoço numa invenção de ódio. Chegou a imaginar que seria feliz sem a pressão daquele saque cotidiano em suas verdades mais profundas, pensou no fracasso, na fuga. Sobretudo quando o filho dos lobos incendiava o olhar e debatia-se entre os símbolos domésticos, pondo abaixo alguns alicerces, devastando os sons mais límpidos com a rouquidão de seu gemido, lançando o fogo ancestral sobre as palhas do ninho construído com ilusório zelo. Não seriam seus exorcismos, certas canções singelas, a forma de dobrar os lençóis ou de aquecer o alimento que modificariam o filho lobo. Em seus pesadelos via cair uma torrente de sangue, e nela as garras, os pelos duros, o forte cheiro das cavernas infestadas. Percebeu que lutava contra o sangue, e quis até incendiar o pequeno mundo de amor com que embalara o filho lobo, e sair pelas estradas como um louco, possuído de liberdade. Mas o amor, pelo qual gastara os melhores anos de sua vida, saltava como um fantasma diante dos seus olhos, e lhe pedia socorro, e ele imaginava como seria difícil viver longe daquela ilusão compensadora. E sentia o quanto o filho lobo o amava também, e como era difícil para ele, pequeno rebento de fera, renunciar a todas as suas raízes, para simplesmente vestir a capa confortável, baixar as orelhas, encompridar o olhar em anestesiada mansidão, para ser ou tentar ser feliz à maneira do mestre. Chegou a entender que o amor, por mais perfeito, nem sempre se sintoniza. Que pode ser uma força ambígua, como em certos jogos de poder, cada ponta com seu interesse, e os sentidos inversos. Dos extremos da tensão, sentiam, ele e o filho lobo, circular os verdadeiros eflúvios do amor, e isso era momentaneamente a graça. Um dia o filho lobo ultrapassou os limites da fúria e quase lhe transpassou a garganta de um golpe de dentes, sentiu como nunca a violência de sua cauda que como um chicote cortava ao meio a chama da vela, tangendo a treva, percebeu que suas unhas violentavam o chão de terra batida, e abriu a porta, impelindo a jovem fera em direção à noite. Sozinho encostou-se à porta fechada, e não sabia como viver o próximo instante. Tudo fora sem palavras, mas com profundo conhecimento de parte a parte. Por um longo tempo não houve qualquer sinal de vida, nem dentro dele, nem fora da casa. Não sentia medo, mas não vivia. Imaginou que tudo estivesse resolvido, o filho lobo voltando à sua matilha, envolvendo-se nas peles sangrentas das ovelhas recém-abatidas, e ele atiçando docemente as chamas da lareira, espremendo laranjas e passando a mão na toalha ainda manchada da baba enraivecida do animal expulso. Pensou que no dia seguinte cultivaria a horta, sem perturbação, e que os dias se seguiriam tão calmos. Até dançaria nas festas da colheita, dia após dia, até morrer. Queria essa paz. Encostado à porta pensou nisso tudo, até que sentiu algo roçar na madeira da parede, como uma cria colada ao pelo da mãe. Da madeira para o seu corpo passou um estremecimento pungente. Era ele, o filho lobo, que sem gemido sequer pedia uma resposta. Abriu lentamente a porta e viu entrar aquela sombra resignada, sentiu que se encolhia a seus pés e lhe lambia os tornozelos, os pelos estavam frios da noite fria, úmidos do orvalho silvestre. A língua áspera e quente era um pedido de socorro. Baixou lentamente a mão e acariciou aquela cabeça selvagem e carente. Doía-lhe ainda na garganta o sinal de agressão, mas as lágrimas curavam tudo. Aquele filho lobo só tinha a ele, e ele exatamente por isso só poderia viver daquele sobressalto. Entendeu então o que era o amor.

A NATUREZA-MORTA

Nunca pôde entender a razão daquele retrato atrás da porta. Um retrato pintado, de um homem de vinte anos presumivelmente, segurando uma flor num campo devastado, o ar sobrevoado de morcegos. Tinha medo de atravessar sozinho aquele corredor, sobretudo à noite, e dar de cara com aquele retrato que poderia falar, mover-se, tão triste e compenetrado em sua solidão de sobrevivente. Jamais ousaria perguntar ao pai sobre aquele objeto, a razão de estar ali, irremovível, pois o pai não diria nada, não falava nunca, não respondia a nenhuma pergunta e só sussurrava aquela ordem imodificável de não brincar com os meninos da vizinhança, pois não gostava de relacionamento com estranhos. A mãe não conhecera, e o pai era sua segurança. Mais que o pai, o irmão mais velho. Nem o irmão sabia de quem era aquele retrato, e por que era conservado ali, fora da parede, nem instalado nem expulso do espaço confortável e frio daquela casa. Gostava de olhar os meninos brincarem na calçada, e tentava ver até onde iam com sua bola, possivelmente para os campos da colina, onde a relva era verde e as grandes plataformas de barro pisado e seco prestavam-se às correrias e jogos. Comparava aquela liberdade com o magnetismo do retrato, que não ousava interpretar, nem saberia, mas sob a asa do temor se acobertava, e aquele mistério era seu pão cotidiano. No quarto o irmão lhe perguntava se sentia frio, e ele se encolhia sem responder, como que atendendo a uma sugestão afetiva. As cobertas pesadas traziam o sono e a proteção, o travesseiro cheirava a alfazema, e se sentia feliz. O pai ficava sempre na sala, o aroma do fumo do cachimbo chegava até ele, e imaginava que estivesse folheando aqueles velhos jornais, ou maços de carta amarelecidos que falavam de partilhas e notícias de parentes de além-mar. Um dia ousara vasculhar com o irmão mais velho a gaveta dos guardados e entrevira detalhes do relato que tanto interessavam ao velho. Não alcançavam a oportunidade daquele interesse, pois sabiam que eram ricos, e o que tinham era suficiente para garantir o futuro de uma velhice que se esboçava sem qualquer surpresa, como o ruminar de um tempo no qual nem a suspeição da morte teria lugar. Só o retrato prometia uma perspectiva de abismo, e morrer era simplesmente ilhar-se naqueles olhos firmes e tristes que pediam contas do presente, como uma testemunha incômoda. Comiam, também silenciosos, aquelas ovelhas ensopadas e ficaram felizes quando receberam a visita de uma prima da cidade vizinha, moça de grandes olhos escuros enrolados num xale de tricô marrom. Com ela o pai trocara algumas palavras, sobretudo quando ela se espantara daquela fartura, contando de suas necessidades, evidentemente pedindo socorro. Mas o pai não se comovia, nem eles se interessaram pelo problema que de repente infestava o ambiente com uma poeira contaminada da liberdade das ruas, da luta em outro plano para eles fantástico e inadmissível, e até amaram o pai que os proibia de partirem para o gramado como pássaros estridentes e suados numa participação agressiva e perigosa. Ali não sofreriam o menor dano. E se espantaram quando o pai, excepcionalmente, lhes pedira que ficassem um pouco mais, naquela noite, e lhes falou da contaminação de certas ideias importadas da cidade grande, que pediam contas a eles da ovelha ensopada e do vinho que honestamente consumiam. A prima Eulália representava esse lado menos privilegiado, e contentava-se menos em participar gratamente da hospitalidade do que fiscalizar a dimensão do espaço conquistado por ele, com suor, lágrimas e obstinação. Por isso era importante que não se misturassem, sempre teriam sua ovelha ensopada, e isso era tudo. Os meninos que corriam para a relva, sua falsa e irresponsável alegria, representavam esse exército portador de uma virose corruptora, eram os filhos da preguiça e da irresponsabilidade. Um dia os convidaria, aos dois, quando tivessem idade, para uma leitura de certos documentos que lhes dariam a garantia do essencial.

Aquele discurso ficou gravado neles como a marca de ferro no flanco dos bois. Admiraram, como nunca, o velho pai, e respeitaram sua lei, dispostos mesmo a não transgredir com espionagens infantis aqueles guardados cujo acesso lhes era garantido naquele momento. E até se sentiram amargamente culpados de ter avançado num terreno que o pai agora franqueava sem usura. Já nem se interessavam por continuar a desvendar segredos, que segredos já não eram, uma vez prometidos assim, de maneira franca e solidária. Mais do que nunca aceitaram as limitações de sua vida pré-adolescente, e que já nem eram limitações, uma vez abordadas assim, em defesa de sua própria segurança. Ao se retirarem para o quarto, naquela noite, viram ainda uma vez o retrato atrás da porta e chegaram a pensar "agora poderemos perguntar ao pai quem era aquela pessoa aparentemente estranha, num mundo tão organizado e perene".

Deixavam sempre acesa a luz da lâmpada de cabeceira, luz fraca como a de uma vela templária, e ainda naquela noite viram apagar-se aquela luz, e a treva do quarto ligar-se a uma treva maior e invisível, de tal forma que sentiram que a falta de luz era geral. O irmão mais velho levantou-se, e ele perguntou o que acontecera, e o irmão mais velho disse que não sabia, algum defeito talvez, e abrindo a janela espreitou a vizinhança, tudo às escuras. O irmão mais velho perguntou se ele estava com medo, e respondeu que sim. Vem para cá, e ele aceitou, pois na treva o cobertor era insuficiente para lhe dar tranquilidade. Chegou a pensar que a figura do retrato poderia aproveitar-se daquela situação e esgueirar-se na sombra, e arrepiou-se de pensar que lhe roçasse com a flor que trazia na mão a pele do pescoço, ou que trouxesse atrás de si a penugem veludosa do morcego. Num salto estava na cama do irmão e se meteu sob as cobertas, deixando-se cobrir num abraço mais forte. Não saberia explicar a extensão desse abraço, nem a revelação das carícias que admitiu então, e que lhe deram um novo plano de estremecimento. O irmão mais velho parecia apossar-se de seu medo e transformar aquele recolhimento numa onda de febre. Deixou-se ficar como morto e recebeu todo o abismo daquele impulso. A treva pareceu penetrá-lo, e suas mandíbulas eram silenciosas e macias. No dia seguinte, pela manhã, olhou o irmão mais velho com um sentimento de cumplicidade e jugo, e admirou a forma lenta e mecânica com que ele mastigava o pão, atravessando-o com um olhar que parecia dizer "a noite passada fomos um". Essa unidade era sua nova dimensão, e se repetiu na noite seguinte, agora sem a necessidade da falta de luz, pois o irmão mais velho encarregou-se de desligar a lâmpada de cabeceira e pedir que ele lhe viesse fazer companhia. E assim se viciaram, noite após noite, e ele aprendeu que já não era só, e que além do pai cuja proteção era distante tinha agora a presença contígua de um chefe que lhe garantia a liberdade untuosa do desejo. Quando o pai cumpriu a promessa de partilhar com eles do sigilo dos documentos, foi para dizer que já não podiam ter a ovelha ensopada e o vinho tinto de cada dia, sentia-se doente e deveriam mudar para a cidade grande, para um apartamento, e que logo contactariam com os parentes de Portugal para saber de seus direitos sobre possíveis terras herdadas e pendentes. O pai enfraquecia, e ele percebeu que lhe restaria apenas o irmão, e aquelas noites sobressaltadas e transcendendo a pecado. Sim, sentia-se em pecado e nem ousava confabular com o confessor da família, o que o pai atribuiu a uma natural crise espiritual do início da maturidade. Não estavam propriamente carentes, mas sentiu a ameaça de uma mudança, para a qual a doença do pai era um pretexto. Os outros, os jovens de sua idade, eram ainda aqueles que partiam em direção aos campos, e com os quais não era permitido compactuar. Mas tinha o irmão mais velho, e com ele a luz da perversão que lhe era salutar e opressora, mas tão sólida quanto o silêncio do pai e a ameaça do retrato. Com a mudança para a cidade, o irmão mais velho foi-se afastando dele, ou pelo menos seguindo outro rumo de interesses, o colégio, os estudos em grupo, as festas, até o namoro e o casamento. Só ele permaneceu escravo daquelas carícias noturnas, com aquele irmão que aos poucos ia perdendo, e cuja dedicação foi transferindo para a enfermagem do pai, cada vez mais exigente e possessivo. No fim eram só os dois, e ele não conseguia disfarçar a languidez de seu orgasmo preterido, contrastando com a virilidade natural do irmão que seguia um caminho comum, trocando a decadência da nova casa por uma respiração oxigenada, na outra margem da sombra. Mas ele tinha o pai, e suas mãos eram mansas e ternas, e a subserviência patética, o que fazia que o velho agradecesse por aquele filho, na hora extrema da sua velhice penosa. Não lhe era difícil contaminar-se daquela vocação, e não tinha um retrato atrás da porta, ameaçando desintegrar seu segredo. Atendia ainda àquela velha proibição de não brincar com os meninos. Já envelhecido, encarava a juventude como uma invenção do luxo e se permitia alguns passeios solitários pelas ruas mais próximas, como se o mundo acabasse ali, e fosse perigoso transpor qualquer fronteira. Ao lado do prédio onde moravam inaugurou-se uma galeria de arte, ficou amigo da recepcionista. Parava para olhar aqueles quadros que eram a multiplicação fantasiosa de um mundo que ele consumia monotonamente. Ria daquelas cores e formas, indagava e repudiava geralmente as versões mais ousadas. Um dia interessou-se pela figura de um jovem seminu, com uma serpente enrolada ao pescoço como um colar. Um cigano, interpretava a recepcionista da loja; um feiticeiro, pensava ele. De qualquer forma seria o menino, o único, com o qual lhe interessaria partir para o relvado e brincar até a exaustão. Acariciou a pintura e pensou no retrato que aterrorizara sua infância, tão diferente. Perguntou o preço do quadro; levava consigo a aposentadoria do velho pai, recebida no banco da esquina. Comprou. Saiu com sua joia apertada contra o peito, embrulhada num papel pardo, e sentiu que palpitava e até desejou que a serpente lhe mordesse a carne, sequiosa de um veneno igual ao das noites na estância. À aproximação de casa foi retardando o passo, sentiu que o sangue lhe fugia das veias e teve a certeza de que não conseguiria subir a escada, muito menos abrir a porta e explicar ao pai a razão de sua escolha, ou simplesmente suportar o silêncio do pai sobre a presença daquele ser mágico e pulsante, na agonia dos dias que o amordaçavam até a fixação de sua derradeira imagem humana. Voltou, voltou até a galeria e disse à recepcionista, os olhos marejados, a verdade de seu terror: como explicar ao pai que levava para casa o retrato daquele jovem? Trocou o quadro por uma natureza-morta.

XIFÓPAGAS

Alguém disse que eu era uma moça normal, como qualquer outra. Só porque eu declarei num programa de TV que me amarrava no Roberto Carlos e no Wanderley Cardoso. E porque sei pentear o cabelo e sombrear os olhos de azul. E porque não vivo chorando a minha condição. Todos me veem pela metade quando afirmam isso. Olham esta irmã que eu carrego como se fosse o galho doente de uma árvore, pronto para ser cortado. No entanto somos uma coisa só, e eu nem sei o que ela é. Eu gosto muito dela, e tenho muita pena. Desde que nascemos ela é como uma criança doente que eu carregasse enganchada em minha cintura. Somos coladas, sem sinal de costura. Às vezes, nuas, eu fico olhando o lugar do corpo onde nos unimos, e me espanto de tamanha perfeição. Nenhum sinal de artificialismo, nenhuma cicatriz. Tudo como foi, desde o princípio. Esta vida bifurcada. Ela se parece bastante comigo, mas vive assim, sonolenta, e ri das coisas que eu digo, como se duvidasse. No entanto não contesta ou afirma coisa diferente. Parece que ela não tem vontade. Deita a cabeça no meu ombro como se fosse um filho frágil e indefeso de que eu tivesse que cuidar. Vamos às festas, e ela sempre assim, embriagada da própria respiração. Se eu me interesso por algum rapaz, ela fecha os olhos como se quisesse ignorar. Sinto que já sou mulher; e ela?, já tentei que me falasse sobre isso, mas ela não fala. Somos um caso único no mundo. Estou cansada de ser fotografada. Numa dessas fotografias, não sei como foi, minha irmã ficou escondida e pareceu que eu era realmente normal. Então eu vi como eu seria. Essa fotografia está aqui, debaixo do meu travesseiro. Quando é que o médico vem com o remédio? Ela está tão fraca! Eles não falam, mas eu sei que algo de grave está acontecendo. Gostaria tanto de ser livre, mas se o preço for a morte dela eu prefiro que continue assim, para sempre. Para sempre... quanto tempo vive um ser humano? Uma revista disse que nós duas éramos um fenômeno de sobrevivência em casos dessa espécie. Geralmente as pessoas morrem nos cinco primeiros anos. Muitos não chegam a completar o primeiro ano. Nós já temos dezessete. Ela está respirando mal. Um dia os repórteres fizeram tudo para que ela falasse, inutilmente. Então eles disseram que eu era uma moça legal, ela sofreu. Eu pedi que calassem. Porque eu sei que ela não fala porque não pode, e quando fala não consegue concatenar ideias. Ela tem consciência dessas interrupções. Então deixa que eu fale, eu falo por ela. Foi o que eu disse àqueles jornalistas. Afinal, somos uma coisa só. Por quê? Que não me ouçam, eu não quero me revoltar, ela não merece. Afinal, sofreu mais do que eu, sempre. Eu sempre fui o centro das atenções, porque sou mais próxima de todo mundo. Ela é um apêndice da nossa vida. Nossa vida... Agora ela tem febre. Os médicos falam coisas em voz baixa e a examinam. Até se esquecem de mim. Eu a vejo como se visse um filho recém--nascido, ao meu lado, pelo qual não pudesse fazer nada. Um filho em perigo. Em perigo. Se acontecer alguma coisa a ela, o que será de mim? Parece que ela dormiu. Respira lentamente e sorri. É bonita. Mais bonita do que eu. Tão pálida e silenciosa. Eu falo demais, eu consigo rir e me divertir com os outros. Eu chego a ter a ilusão de que eles podem me tratar como a um ser comum. Faço de conta que estou vivendo de igual para igual. Eles também fazem força e me amam com compaixão. Eu sinto isso. Eu não queria compaixão, mas não tem outro jeito. Quanto tempo ainda teremos que viver esta farsa? Todos têm um limite de vida, eu tento me convencer disso porque tenho medo. Dizem que a nossa quota já se esgotou, que estamos vivendo por favor divino. Será que nascemos também por favor divino? Jamais pensei em Deus ou me interessei por seus desígnios. Nossa vida foi muito tumultuada para que pensássemos nisso. Aqui no Brasil só as grandes estrelas, como Marília Pêra e Roberto Carlos, tiveram tantas fotografias como nós, em jornais e revistas. Ali estão dezenas de pastas com essa documentação. O médico folheou e disse ser de pouco interesse científico. E eu com isso? Agora eles voltaram e estão examinando minha irmã. Ela serenou inteiramente. Eles agem com mais inquietação. Deram uma injeção nela. Fazem massagens. O que estará acontecendo? Agora cobriram o seu rosto. O que aconteceu? Digam, por favor. Eles me pedem que eu fique calma, que durma. Vou fechar os olhos, fingir que durmo. De olhos cerrados eu percebo o vaivém. São muitas as pessoas que chegam e sussurram. Pego no ar fios de frases... "A outra está bem?", "Está dormindo", "Talvez seja melhor dizer que ela só tem quinze minutos de vida", "Para quê?", "É meu sistema", "E uma operação?", "Não adianta".

Não adianta. Meu Deus, ela está morta e eu tenho quinze minutos de vida. Não podem me deixar morrer também, eu não quero morrer. Deixem-me gritar... O que está acontecendo? Mal posso gemer. Meu pensamento intacto, minha voz perdida. De olhos abertos, quero ver tudo. Será que eles entenderão pelos meus olhos que eu não quero morrer? Qualquer coisa menos morrer. Eles me examinaram, não se preocupam com ela. Agora sou eu. Ela morreu, nem lhe invejo o rosto coberto por uma ponta de lençol. Ah, se me salvassem! Eu queria gritar, não posso. Não tenho forças. Uma dor estranha vem subindo pelo meu corpo, e este suor. A morte vem dela até mim, como a vida antes passada de mim para ela. Eu sempre dei vida a ela, eu sei. Eu é que acreditava na vida, e a percebia. Eu dei a ela o sopro de alegria, de participação. Agora ela me dá a morte, o gelo, o abandono. Meu Deus, ela não tem culpa, mas eu não queria que isso acontecesse agora! Eu tinha tantas esperanças! Não de ser como os outros, ou de viver como os outros, mas simplesmente viver. Folhear estas revistas e jornais que contam a nossa vida sem grandes acontecimentos. A morte vem dela, e eu tenho poucos minutos. Agora já nem consigo manter os olhos abertos. Eles me deram uma injeção, deve ser calmante. Para eu morrer em paz... para eu morrer em...

A PRISÃO

Casaram-se em maio. Todos os detalhes cuidadosamente tratados para garantir a duração e prosperidade daquele amor. Sim, se amavam. E os amigos abusaram na chuva de arroz que caiu como uma bênção um pouco agressiva sobre os noivos tontos de euforia. Tudo corria muito bem. Alfredo no escritório de propaganda, Eunice em casa, compenetrada de seus deveres e contente do jugo conjugal. A liberdade então lhe parecia perfeita. Porque estar livre significava aquela harmonia interior na qual todos os atos da vontade podem se ajustar sem esforço. Alfredo era um homem completo, o primeiro namorado de Eunice e sua primeira experiência amorosa. Ele sabia disso e prezava essa exclusividade mantida sem cuidados, porque Eunice, num certo sentido, só tinha olhos para ele. Não tiveram filhos. Cinco anos de casamento e eles preservando seu mundo de dedicação mútua. Decidiram não ter filhos nos primeiros anos, e não sofriam com isso. Eunice dizia "Alfredo é meu menino". Ele gostava dessa posição que para muitos homens era incômoda. Ele tivera uma mãe extraordinária e gostava que Eunice a substituísse agora, com perspectivas de longa vida e concreta felicidade. Os dias passavam e eles nem se davam conta do absurdo de tamanha paz, pois passavam pelos dias sem inquietação nem dúvida. Até que

Alfredo teve o primeiro espasmo cerebral, do qual se recuperou com intenso regime de vida. Regime integral, de trabalho, alimentação, emoção, tudo. Não estranharam muito, pois estavam acostumados a uma vida tranquila. Eunice foi uma enfermeira devotada, e tudo parecia voltar a normalizar-se. Para ajudar no trabalho da casa, naquelas circunstâncias, mandou vir uma prima do interior. Era uma moça calada, com olhar agudo e frio, que tratava das coisas mecanicamente e com distanciamento. Parecia estar espelhada em sua cara a consciência de que lidava com coisas alheias, e foi Alfredo quem falou disso a Eunice: "Ela jamais tocará em nada do que é nosso porque abomina o que é nosso, tem nojo do que não é seu. Mas deseja ardentemente conquistar tudo o que lhe é devido e em nome disso não hesitará um segundo". Eunice disse que Alfredo estava exagerando, Sueli era apenas uma moça pobre e só, sem namorado, com uma família severa e hostil. Eunice jurou transformar Sueli, com seu carinho. E começou a empenhar-se nisso. Aproximou-a de umas moças da vizinhança, aconselhou que fosse passear, que frequentasse algum baile familiar, que se pintasse e vestisse com mais vaidade. Sueli se deixava instruir, embora nada nela denotasse interesse por qualquer daqueles princípios. O mais grave era seu silêncio. "Eu não sei o tom de sua voz", dizia Alfredo. "Melhor", advertia Eunice, "seria pior se falasse demais". As moças da vizinhança admiravam o bom caráter de Sueli, que nunca falava mal de ninguém. "Uma pessoa de confiança", pensava Eunice.

O tempo passava, e Alfredo ia se recuperando. Chegou a voltar ao trabalho, até que um belo dia teve outra crise bem mais forte. Uma isquemia mesmo, com coágulo. Submetido a uma intervenção, a traqueotomia, um mês em estado de coma, saiu dessa crise com uma paralisia quase total. Apenas seus olhos denotavam o espírito vivo, sofredor e ansioso de vida. Eunice fez tudo, recorreu a todos os médicos. Convenceu-se de que o estado de Alfredo seria estacionário. Dali para a morte. Primeiro ela chorou muito, às escondidas. Diante dele demonstrava uma confiança férrea. Iria ficar bom – dizia ela –, tudo seria como antes. Ela sabia que isso era uma caridosa mentira. Alfredo foi-se transformando numa sombra em sua vida, de tal forma que dentro de um ano já sabia que não o amava como antes, que ele era apenas um dever a cumprir. Eunice analisava sua mocidade como o suporte dessa catástrofe e imaginava que outras mulheres da sua idade, casadas ou solteiras, viviam em paz, convivendo com o mundo em regime de alegria. Ela estava enterrada com um semimorto. Algo nela dizia que o casamento obrigava também a isso. O que ela não sabia é que o amor dos primeiros anos não fora suficiente nos dois para cristalizar tal nível de renúncia. Um dia ela se descobriu pensando que a morte de Alfredo seria um descanso. Para os dois, para ele também, principalmente para ele, pensou ela – mas os olhos dele diziam o contrário. Os olhos dele indagavam silenciosamente por uma melhora que não vinha. Foi aí que Sueli começou a falar. Que ela devia sair, ir a um cinema, respirar um pouco fora daquela escravidão. Ela respondia que não, que podiam comentar. Que fosse sozinha então – insistia a outra –, noutro bairro onde não a conhecessem. Achou a ideia curiosa, como uma inocente aventura. Uma tarde resolveu. Vestiu-se e saiu, dizendo antes a Alfredo que ia ao laboratório buscar uns exames. Tomou um ônibus, com o percurso mais longo e se deixou levar sem destino. Até que encontrou uma praça, depois de quarenta e cinco minutos de viagem. As caras todas estranhas, desceu. Na praça vários cinemas. Escolheu um com um filme antigo de Marilyn Monroe, pagou e entrou. No escuro percebeu que era seguida. Seria algum conhecido? Estremeceu. Sentou-se e acompanhou, concentrada, as cenas da tela, até que sentiu que alguém sentava a seu lado. Com o rabo do olho viu que era um homem, bem-apessoado, e que a observava. Um desconhecido. Isso que em outro tempo a repugnaria, naquela circunstância, num bairro distante, e com a carência que estava de qualquer interesse físico, deu-lhe um estranho e doentio prazer. Nem evitou que a perna do desconhecido roçasse a sua, nem se retraiu com isso. Tampouco quando a mão vigorosa e insinuante passou por trás de seus ombros e desceu por suas costas, numa carícia delicada e precisa. Tudo foi muito rápido, e ela, como um autômato ou uma alienada, deixou-se ficar à mercê daquela irresponsável sedução. Depois os lábios do estranho pousaram em sua orelha. Ela não correspondeu, mas por dentro um calor e um estremeção percorreram seu corpo. Ela sabia de tudo o que aconteceria a seguir e estava disposta a se deixar levar, a desfrutar um pouco, ainda que furtivamente, do prazer de viver. O homem sussurrou "Como é seu nome?". Ela mentiu um nome falso e ele a convidou para sair. Saíram. Sentaram num banco da praça em frente e o homem começou a falar coisas que ela não registrou. Não estava interessada no que ele dizia, mas fervia de paixão por seu corpo, por seu atrevimento, pela vida de sua virilidade. Ela queria ser dele como jamais desejara ser de ninguém, ela que só conhecera, como mulher, o corpo de seu marido. Agora esse marido era uma prisão dolorosa. Ela era jovem e já não suportava aquela situação. O homem ao seu lado a abraçava e ela consentia com um sorriso complacente. Em nenhum momento correspondeu, mas quando ele perguntou "Aonde vamos?", ela respondeu que a qualquer lugar, o que deu ao homem a confiança de que caçara definitivamente aquela presa. Anoitecia, e ele a conduziu por ruas escuras que terminavam em matagais fechados. Numa clareira deitaram e ele a teve, e ela experimentou aquele prazer com uma certeza de que o pecado pode ser, em alguns momentos, a salvação. Bebeu aquela taça sombria com a sofreguidão de um moribundo que retorna à vida. Despediram-se, e ela combinou que o homem fosse à sua casa, dias depois, dizendo que era massagista. Veriam o que fazer. Eunice saiu e pensou "Eu tenho um amante". Essa situação que tanto a incomodara antes, em outras mulheres, agora lhe parecia perfeitamente normal. Em casa tratou com mais paciência e solicitude de seu enfermo, e até Sueli disse "O cinema lhe fez bem, eu sabia". Três dias depois Severo bateu-lhe à porta. Sueli atendeu e veio informar "Está aí o massagista que você chamou". Eunice mandou que entrasse e informou a Alfredo "Ele vem fazer um tratamento especial em você". O lábio amarrado do doente contraiu-se numa caricatura de sorriso, e os olhos agradeceram em silêncio, num puro cintilar. Eunice perguntou a Sueli se não queria passear, afinal trabalhara tanto. Sueli agradeceu e saiu, com uma tranquilidade que intrigou a outra. Com quase cumplicidade. Não pensou muito. Sentiu, naquele momento, que a presença de Severo a anestesiava para grandes reflexões. Ia para ele cegamente, como um bicho para seu destino. Conversaram diante de Alfredo falsos dados de um tratamento fictício. Uma conversa meio sem sentido, com hiatos para cair num enleio superficial e a distância. Severo pediu que ela fosse à cozinha esquentar água para umas compressas e a seguiu. Ali mesmo, no pé do fogão, abraçaram-se com fúria e se refugiaram no quarto de empregada para aquela pesquisa dos sentidos que para ela era um retorno integral à viela perdida. Depois recompuseram-se e voltaram à sala. Sueli estava ao lado de Alfredo, silenciosa. Seus olhos encontraram os de Eunice e havia nela a placidez de quem está, mesmo naquele momento, cumprindo o seu dever. Como se Eunice lhe tivesse dito "Fica aqui que eu vou ressuscitar por um momento". Sueli olhou os dois e se retirou, cedendo o lugar a Eunice. Na cozinha preparou um café que logo foi servido quente e forte. Eunice pensou que

Sueli tivesse percebido tudo, e consentido. Seu olhar frio e seu silêncio apagavam qualquer sombra de julgamento. Eunice respirou aliviada e fortalecida. Severo partiu sem dar início a qualquer tipo de tratamento. Eunice percebeu no olhar do marido uma sombra de agonia, ele sim intrigado com aquela visita. Severo voltou muitas vezes, sempre com a colaboração de Sueli, que o recebia e se afastava com crescente angústia de Alfredo, imobilizado e aceso em sua lucidez manietada. Eunice não deixou de cumprir seu dever, mas não se negou à alegria de receber inteira seu amante. Jamais trocou qualquer ideia com Sueli a respeito disso. Não era preciso, a outra entendia e dava cobertura àquele caso, como se avaliasse a extensão de sua fatalidade. Um dia, Severo, no quarto do doente, conversando com Eunice sobre várias coisas, colocou a mão em seu joelho. Os olhos de Alfredo cintilaram. Eunice não retirou o joelho, antes olhou o marido com medo de que aquele golpe o despertasse de seu torpor. Nada, apenas seus olhos cortantes e a força do lábio para concretizar uma enigmática palavra. Eunice, naquele momento, decidiu levar adiante esse desafio. Sueli já saíra, e ela permitiu que Severo a abraçasse. Enlaçou-se também a ele e caíram na cama, abraçados e quietos como duas pessoas que amando se entregam a um sono reparador. Só que ela, de olhos abertos, vigiava as reações de Alfredo. Pode ser que ele salte dessa imobilidade, pensou ela. Pode ser. Naquele dia ficaram assim, temerosos e tímidos, até que o ruído da chave na porta anunciou a chegada de Sueli. Então se separaram e continuaram a falar de coisas vagas e sem sentido. Daí para a frente Eunice entregava-se a Severo diante de Alfredo. E foi levada a extremos que jamais imaginara. A presença do marido excitava o amante. Depois Eunice informou a Sueli que Severo vinha morar ali, que Alfredo precisava de um enfermeiro. Severo dormiria na sala, ao lado do quarto. Sueli respondeu que era melhor, e como sempre seu olhar e seu sorriso deram descanso a Eunice. Começaram a viver inteiramente isolados de tudo e de todos. Sueli não foi mais a bailes e festas para não ouvir os possíveis comentários da vizinhança curiosa. Severo passou a ser uma pessoa da família, e Eunice começou a ser muito feliz, a transpirar felicidade.

O mundo de Alfredo ninguém pôde decifrar, até que ele morreu, seis anos depois. Seu olhar serenou com o passar do tempo, e ficava pousado sobre o corpo nu de Eunice ao lado do amante, escorrendo uma complacente luz de ternura e paz. De sua couraça intransponível consentia. Eunice, em verdade, se realizava da maneira mais tíbia, naquele plano cálido do sangue. Como quem apela para um incrível e último remédio às vésperas de abdicar da própria vida. Talvez Alfredo tivesse entendido isso, como Sueli entendeu desde o primeiro momento, e para sempre.

O RITUAL

Entravam como sombras. Sem identidade, a senha que os introduzia era um sorriso que sublinhava a inclinação de cabeça do porteiro, e o fato de que o porteiro os conhecia a todos. Mas era como se não os conhecesse. Passavam como sombras, e o porteiro profissionalmente os esquecia. Eram todos muito conhecidos na cidade para que não se usasse do máximo de discrição em recebê-los para a participação daquele ritual. Passavam na penumbra, sem qualquer intenção de identificar-se entre si, contornando os esquifes vazios, alguns abertos, negros ou da cor natural da madeira, deixando ver os interiores forrados de gorgorão roxo, com convidativos travesseiros de paina envoltos no mesmo tecido. Passavam para a outra sala quase inteiramente às escuras, com algumas cadeiras. Nas paredes, vários tipos de coroas artificiais, com flores de plástico ou porcelana e largas fitas prontas para receber a impressão das letras de ouro. Todos sentavam e se fixavam na tela já preparada e à espera das imagens que sofregamente acompanhariam. Fagundes, o dono da funerária, sabia que naquela vila as mulheres se recatavam num relacionamento mais que formal em relação ao sexo. Os homens viviam ardentes. Fagundes sabia dos desacertos conjugais, por esses pudores matriarcais de que se aureolavam as mães de família, sufocando conscientemente os mais fundos instintos. Fagundes tinha como cúmplice nessa espécie de informação o jovem Abelardo, curioso coroinha que vigiava as confissões, entrava nas casas à sombra do pároco e se relacionava muito com a casa funerária, por tratar com presteza dos aparatos fúnebres.

Quando Fagundes vinha da fronteira, em rápidas viagens mensais, trazia uma sacola cheia daqueles filmes que, em noites determinadas e secretas, fazia exibir a grupos de maridos abastados, ou simplesmente tipos solteiros e disponíveis para esse gênero de diversão silenciosa.

As cadeiras naquela noite estavam todas ocupadas. Fagundes apagou a luz. Abelardo ligou o projetor e logo as cenas surgiram, coloridas, perfeitas, nítidas.

(Um jovem muito saudável, de queixo partido e cara vulgar, atitudes ostensivamente viris, toca a campainha de um apartamento convencional, cenário medíocre para um encontro artificioso que o diretor da história procurará expressar com elementar naturalidade. A moça, conhecida do rapaz, vem atender. Veste peças íntimas e escova os dentes. A entrada do rapaz, o abraço e a visível excitação do visitante, facilitam o início do que realmente interessa nesse jogo para o qual o preâmbulo citado é do mais puro artificialismo. Enfim na cama, e todas as possibilidades físicas de uma função sexual, se desenrolando ante os olhares brilhantes da plateia madura e atônita.)

Abelardo sorri. Os corpos na tela mudam de posição, pesquisam um número ilimitado de possibilidades libidinosas. Fagundes espia por um canto da tela. Há na plateia movimentos nervosos que a sombra dissimula. Aquelas carnes nuas, despudoradamente expostas, avançam sobre o silêncio febril daqueles homens sexualmente reprimidos. Há suor nas testas franzidas à margem do espasmo. Dissimuladamente alguns atuam sobre si mesmos, acariciando-se, as mãos nos bolsos, os nervos tensos, enquanto a ronda completa do prazer explode cruelmente no espaço ilusório da projeção. As cadeiras rangem. A luz cor de carne visibiliza as coroas. Todos estão absolutamente sozinhos naquela embriaguez pornográfica. Mordem-se os lábios, há gemidos sufocados. Cada cadeira suporta um estremecimento doloroso de carnes inadaptadas. Fagundes sorve cada reação com um júbilo interior. Passa os olhos pela plateia: idades niveladas, os mesmos ternos sombrios, as gravatas escuras, os corpos geralmente pesados já não suportavam a fronteira dos assentos para conter sua ânsia de derramar-se num estertor de gozo consentido. Uma hora depois a funerária está vazia. Uma película de pó acinzenta o marfim das flores de louça. Os esquifes perfilados e vazios aguardam o corpo abdicado. Fagundes cochila ao lado do telefone. Noite inteira sem um chamado. O comércio funerário se arrasta decadente. Mas Fagundes está rico. Abelardo, numa antiga escrivaninha, conta o dinheiro das entradas do cinema clandestino, o que garante cada mês um lucro razoável ao nível menos que pobre do vilarejo. Fagundes ressona com um sorriso infantil na boca semiaberta.

O ANOITECER DE VÊNUS

Dependurado na janela, o vestido, corpete de cetim branco bordado com raros vidrilhos. Saia de tule em três cores superpostas, azul, branco e rosa, de tal forma que andando formavam-se gomos cambiantes e de grande efeito. Tudo como convinha ao seu coração: virginal e etéreo. A tia fora buscá-lo naquela pensão onde se reunira com cinco outros para a grande invenção do carnaval. Era o quarto andar de uma pensão, velho prédio de madeira, onde ficava dias e dias, entre cosméticos, sapatos altos, sedas, agulhas, plumas, tules, miçangas, espelhos. Assim a tia foi encontrá-lo, mergulhado naquele mundo de mentira, onde cada um perseguia um modelo para a metamorfose: rainha, prostituta, louca. Ele queria ser virgem, nada mais.

A tia explicou: "Eu descobri, foi Hugo que me contou. Teu pai não vai saber. Vem comigo. Tu te vestes na minha casa. Eu ajudo. Assim pelo menos eu sei que tu voltas para casa cada noite, que te alimentas". A tia o amava sem fronteiras. Viu aquela mulher aflita, de olhar triste. Sem dizer palavra embrulhou o sapato de cetim, o corpete e a saia de tule, um trapo de veludo com que costurava um chapéu, duas *aigrettes*, uma bolsa com batom, lápis de sobrancelha e base, e saiu. Andou ao lado da tia, com uma ponta de vergonha, uma vontade de chorar. Fora descoberto antes do grande momento, aquele momento em que desceria a escada da velha pensão, ao lado de corpos ostensivos e grotescos, bocas exageradas e sorrisos agressivos. Ele então encarnaria o que sempre sonhou: a virgem incorruptível. Ou a amorosa insaciável e feroz. Nada de pequenos recursos, nada de devassidão.

Agora na casa da tia, horas antes de sair para o baile popular, programado num grande tablado, rodeado de um tapume de madeira, com mesas toscas, cadeiras de ferro com propaganda da Brahma, agora, ficava analisando o rosto, a máscara que assumiria. A porta do quarto fechava, ouvia de vez em quando os passos da tia no corredor. Não era importunado. Deitado e seminu, apenas com uma cinta-calça que o emasculava, de espelho em punho, estudava a linha do rosto. Detinha-se sobre os lábios *belle époque*. Quase coração. Cobria-os de um batom muito claro e via o efeito de seu contorno. Nada mais, nem um risco por fora, como as putas gostavam de fazer, o que lhes dava um ar devasso e vivido. Não, queria descobrir no rosto o rumo do seu coração. Aquele mesmo coração que, depois de uma primeira aventura sexual, sonhara com uma delirante maternidade. Agora procurava um mapa de feminilidade, sim, naquela noite queria ser o mais aproximadamente possível uma mulher. A pele escanhoada, quase sangrando de tão depilada, agora coberta por um creme refrescante. Os olhos de um brilho intenso, horizontais. Tentaria com um risco negro incliná-los obliquamente. As pestanas seriam carregadas de rímel. Pestanejou, eram escuras e densas, ganhariam em mistério. Fechou os olhos e deixou que a nudez e o creme refrescante sobre a pele lhe trouxessem nova inspiração. Já entardecente, a luz caía sobre uma mesinha sem toalha onde os apetrechos, como instrumentos de uma operação, ordenadamente se alinhavam aguardando o início dos exorcismos.

Às cinco da tarde, exatamente, entrou no banho. Um sabonete novo, odor lavanda, e a lenta fricção na pele, sobretudo nos ombros que levaria nus, e onde descobria uma certa doçura. No rosto uma camada de base ocre, inventando nova pele sobre a pele, impecável, lisa, levemente perfumada. Enxugou-se bem e tornou a vestir a cinta. Com um algodão embebido em leite de colônia esfregou as axilas. Espalhou talco sobre o corpo todo e sentou-se em frente ao espelho para o ritual da pintura. Primeiro cobriu o rosto com base clara e líquida, depois com pó compacto. Então desapareceram todos os traços, a boca, a sombra do nariz, o contorno dos olhos, tudo era uma única massa, como máscara de borracha. Assim, se fosse Deus, começaria a fazer o homem. Pensou isso e pensou mais "sou Deus"... Sou o deus que sabe o que a sua criatura quer ser. Sou o deus macho e viril que agora sabe que o barro quer ser mulher, seja feita a sua vontade.

Então, com um pequeno pincel, que esfregava no bastão de carmim, foi criando a boca. A boca que haveria de nomear o novo mundo, a nova vida que agora tinha o nome de "baile". A boca que haveria de sorrir, obedecer ao comando dos olhos, estes sim, como dois arcanjos guardando a porta do paraíso. E seu corpo não era sequer um paraíso, mas a invenção deformada de um secreto desejo de normalidade. Complexo de culpa, sim, complexo de culpa. O amigo mais velho e mais experiente lhe dissera. A princípio tomou como ofensa e a intenção era essa. Depois, sozinho, aceitou. Complexo de culpa. Não estava certo, tinha que ser escondido, o amor era quase proibido, não fosse o seu orgulho. Logo era um pecado, uma culpa. Pronunciou quase sem som a palavra "culpa", naquele momento em que o vermelho intenso do batom revelava o delicado e harmônico desenho de seus lábios. Parado, diante do espelho, como uma forma, esfregou um lábio no outro, uniformizando a pintura brilhante. Com uma escovinha minúscula passou ao seguinte:

retirou cuidadosamente toda a base que cobria as pestanas de um fosco amarronzado. Com saliva aperfeiçoou a limpeza. Com saliva ainda, umedeceu a escovinha diluindo com ela a superfície do rímel. Daquele creme negro tirou o suficiente para iluminar a moldura dos olhos. Assim as pestanas ficaram rijas, negríssimas, perfeitamente arqueadas e com uma ilusão de serem muito mais longas. Os olhos então se abriram como certas flores noturnas que esplendem brancas entre folhagens adormecidas. Os olhos cintilaram e disseram "eu te vejo". Sorriu. Com a fina ponta do lápis de sobrancelha reforçou na base do cílio aquela sensação de franja mágica que deixava o cristal do olhar como uma viva gota de mercúrio. "Não posso chorar", pensou. "Se eu chorar, a lágrima diluída com o rímel me entra pelos olhos adentro, e eu vou sentir a dor mais aguda do mundo, e não poderei parar de chorar, e serei apenas uma cara manchada e decomposta." Mas por que haveria de chorar? Sorriu, ao mesmo tempo que pestanejava numa espécie de exercício para uso dos efeitos postiços. Sua primeira cara se definia. "Eu sou Deus", pensou mais uma vez. "Agora vou dar sangue à minha estátua." Ainda com algodão, espalhou sobre a parte superior da face uma leve camada de ruge, para dar a sensação de rubor. O sangue assomando, a vida. Com aquele ruge, a cara de mulher, máscara egípcia para o túmulo de alguma princesa, adquiria vida. Foi aí que não suportou a visão do corpo nu e desprotegido. O rosto estava de tal forma transformado... Enrolou-se num trapo de seda azul-pavão com arabescos dourados. Durante alguns minutos contemplou-se sem palavra. Deus repousando de seu primeiro ofício.

Anoitecia quando vestiu a anágua de tarlatana. Depois a saia de tule e o corpete de cetim rebrilhando em canutilhos por sobre um sutiã recheado de borracha macia como carne. Os sapatos sobre meias quase invisíveis, tão como a pele. Finalmente o chapéu de veludo, como um capacete, contornado por uma pluma azul-claríssima. Luvas longas, cor de marfim. Uma pequena carteira de prata. Anoitecera inteiramente. Os passos da tia, impacientes, trilhavam o corredor. Esperou que tudo silenciasse, que se cansassem de esperar. Não viera ali para ser visto por eles, mas para se vestir, como em qualquer vestiário público, já que nunca teria casa onde pudesse se vestir assim, para viver um delírio assim. No entanto aquele aparato lhe despertava um inesperado cuidado. Andava com previsão e temor, como se ao menor descuido desabasse sobre si todo aquele templo. Não era mais ele que caminhava sobre aqueles saltos altos. Era a múmia de uma princesa morta. Insistia nessa imagem, pois desde que vira um sarcófago, em sua solenidade e luxo sombrio, ligara para sempre a ideia de sua ansiada metamorfose à daquele orgulho coberto de ouro, no entanto vazio por dentro, com uma casca incorruptível e de irônico sorriso. No entanto devorada em suas entranhas por venenosos perfumes de consumição, por óleos e aderentes envolvências de linho apodrecido.

Por fim desceu. Não fosse o cuidadoso excesso de luxo para um passeio tão descuidado, e iria sem ser notado até a porta do baile a quatro quarteirões dali. Decidiu ir a pé, mas arrastando atrás de si uma vereda de olhares, curiosidade, espanto, às vezes um lampejo de ódio, os dentes rilhando, o "ah" de maravilhamento, um sorriso, um sarcasmo. Seu passar naquela alameda de constatações era um puro holocausto. Chegou à porta do baile com os nervos tensos, como na arena o mártir que espera o primeiro golpe. Nos arredores do imenso palanque rodeado de uma parede improvisada, sem teto, o ambiente já era mais seu. Ali entrava num clima de mansa normalidade. Os da sua raça armavam tendas de desenvoltura, os enlaçamentos, os galanteios, os abusos, tudo tinha a sua medida. Mas por um estranho malefício ali também começou a ser estrangeiro. Não era aquela versão trivial da mulher a que queria viver. Queria a aura intocável, uma luz que impedisse qualquer desrespeito. Queria viver uma virgindade invulnerável, uma virgindade que fosse a de uma boneca numa vitrina jamais violada. Olhou nos olhos dos homens, procurou aquele que o levaria pela mão, comovidamente, ao centro da luz, onde o perfume barato e a lantejoula derretida em suor tinham seu império.

Queria dançar, sim, em silêncio, comungando em calor, intimamente arrastado por uma preferência que o distinguisse. De preferência um rapaz como aqueles, de terno, dos bailes de debutantes. Retocou-se em perfume e sentou a uma mesa. Pouco depois dançava como sonhara, com um rapaz penteado e de olhar transparente, que sorrira como numa reverência. Cortou qualquer diálogo, queria estar, aquecer-se, como numa festa de noivado, a primeira descoberta do homem e de si. Já era então noite alta, anoitecera com a pungência de um cansaço. Seus músculos reagiam ao exercício dos sapatos altos. Com esforço e sofrimento mantinha-se reto, tirava de uma certa inconsciência a fortaleza para estar de pé, levemente pousado ou deslizante em seus sapatos de salto finíssimo. Devia ser assim o último ato das bailarinas sem prática – pensou. Sobre as pontas doloridas dos pés como que decepados no anseio de serem cisnes, com almas ainda se arrastando como velhos capotes embarrados. Queria ser cisne, mulher, qualquer coisa que fosse como a transparência do homem, era isso, qualquer coisa de fluido que atravessasse sua carne e revelasse uma natureza dependente, o recesso de carnes que se maternizam, por exemplo. Tudo pensou nos braços do rapaz que o cingia, como quem pede socorro, num silêncio súplice e cúmplice, sofrido.

Não quis saber de nada, não perguntou nada, egoisticamente não lhe interessava qualquer drama que não o da sua metamorfose. Com o passar da noite foi sendo uma coisa muito distante de sua realidade anterior, qualquer coisa muito longe do cheiro das axilas, do apontar da barba, da dureza dos pés que, apesar de pequenos, revelavam uma linha viril e bem cortada. Na sua lembrança, como se a memória fosse um grande espelho diante de seus olhos fechados, viu-se apenas assim, um corpo inteiramente novo e irrevelado, nos braços do seu criador. Aquele era seu criador. Era a partir daquele calor que amanhecia. Seus grandes olhos brilhantes, mesmo abertos, eram como estiletes que se cegassem a si próprios, de tal forma que não viu o baile. Sentiu num certo momento que a sede levava a seus lábios um gole de guaraná, como no extremo de uma esponja a rosa do vinagre. Incolormente atravessou as horas. Viu-se, já com o róseo da aurora apontando na silhueta dos prédios, voltando para casa. O rapaz a seu lado, silencioso como uma testemunha de um crime imprevisto. À porta se despediram com um sorriso. Então lhe doeram os pés e ao subir as escadas tirou os sapatos. Sentou no primeiro degrau, sozinho, como desabando. O tule de baixo esfriara molhado de seu suor. Alguns confetes grudados nos ombros, o batom aureolando os lábios ressequidos pela sede. Então voltavam como bandos de pássaros todos os seus sentidos humanos. Como um enfeitiçado atravessado de agulhas, vitrificado numa imaginária perfeição. Ideal perfeição de uma mulher que não existia, que mesmo realizada em seus limites humanos seria apenas mais um corpo como o seu, ansioso de um avesso impossível. Arrastou-se assim até o quarto. Sem prender mais a respiração com que modelava uma cintura já comprimida em cintas implacáveis, sentou-se na cadeira à frente do espelho. O colar de *strass* brilhava candidamente sobre o colo jovem, que era uma linha delicada e emoldurada de bons efeitos de atração. Olhou-se no espelho, consertou o batom dos lábios, a maquilagem intacta. Analisou cada detalhe daquela máscara genuflexa. Não ousou apagar-se. Mas o cansaço era já uma montanha que carregasse nos ombros. Bebeu o resto de um copo de água que deixara ali, na véspera. A água amarga e velha que anoitecera com inocência. Deitou-se na cama. Deixou que a máscara de ouro cobrisse seu rosto. Por dentro chorava um choro manso e correto. A máscara de ouro da princesa egípcia pesou sobre o seu rosto, e toda a podridão do sarcófago, que em seu sonho era uma prisão de linhos e sândalos, foi o doce consolo de seu coração. Pensou "Não despertarei mais, estou morto há dez mil anos". Aperfeiçoava assim aquele anoitecer pleno de um doloroso ópio. Reto como um morto, deixou que a saia de tule formasse os seus gomos multicores. Os seios de borracha apontavam no decote aberto. Mas o rosto era como o sonho milenar de um fóssil, a mulher intacta que nunca mais despertaria, a dona das catacumbas e dos sortilégios, para a qual não mais desceriam os lírios e os polens.

Fora, no corredor, os chinelos da tia recomeçavam a vida. Dentro, fechado a chave, um sorriso em seu rosto falava de um sonho como de um naufrágio. A beleza de porcelana de uma Anunciação riscava a estilete o contorno de seu rosto. E descansou, depois do anoitecer e do delírio, entregue às grades de um ressonar pesado com que voltava a todos os seus subterrâneos.

O TRIO ELÉTRICO

O copo partiu-se contra o chão, em mil pedaços. Ana, com um sorriso nervoso e a voz trêmula, gemeu: "Como foi isso?". A patroa disse que não tinha importância. Ana respondeu que ficava muito nervosa quando isso acontecia e explicou: "Quando eu quebro uma louça minha mãe me chama de retardada". A patroa insistiu que não tinha importância e com certa pena justificou: "Tudo se perde na vida, até a própria vida". Ana não entendeu. Ouviu a voz do menino chorando no quarto. A patroa continuou no seu afazer, alheia verdadeiramente àquele pânico. O copo quebrado, o menino chorando no quarto estreito e sem luz. Ele não quer comer, pensou Ana, mas chora. Terá alguma dor? Tão magrinho. Fruto de uma aventura que vivera sem calor, quase como quando ao passar se arranca a folha de um arbusto junto a um muro. Só que com a folha havia o prazer mecânico de triturar a matéria e aspirar a umidade da seiva, um antiperfume. Depois pensar que apenas se dilapidou uma folha viva e plena de verdor, estendida sobre o tempo tão breve. Ela amava o Carnaval, sobretudo o trio elétrico. Aquela máquina estridente de som e ritmo, com seus fantasiados e sua andança. Aquela cantoria esfuziante, aquele coreto ambulante e alto, colorido como um sonho impossível. Foi atrás de um trio elétrico, no quente carnaval baiano, que Ana encontrou Antônio. E no próprio fervor do Carnaval consentiu que ele a conhecesse como jamais imaginou poder ser conhecida.

    Sua infância, sua mocidade mortiça, tudo fora a imagem de um tempo mergulhado em sombra. Certas noites, antes de Antônio e do menino, ela ficava de olho arregalado no escuro do quarto abafado. Hirta e seca, pensava na dimensão de seu corpo, como se pensa numa garrafa esvaziada. Só os olhos brilhavam, mas ela não via. Pressentia pela ansiedade com que perfurava a treva que seus olhos fulguravam de angústia, e ela se deixava envolver num estado febril. A patroa advertiu que devia procurar um médico e até recomendou um, de graça. Ela não queria se curar. Para que se curar? Para lembrar com mais saudade todo seu passado de abandono e necessidade? A ausência de afeto de seus anos que pesavam como um bloco de chumbo sobre o presente? Não, não queria curar-se. Só sentiu um hausto de vida quando Antônio disse que gostava dela, quando se sentiu apertada contra ele na corrida do trio elétrico, rindo como nunca, arrebatada. Antônio durou uma noite, depois que o trio elétrico passou e toda a alegria arrefeceu. Ficaram até o amanhecer sobre uma praia meio deserta. Os companheiros de descanso estavam por demais mergulhados na embriaguez e na exaustão para se darem conta do que se passava entre eles. Ela mesma consentia em tudo num quase alheamento. Como quem não tem forças para conscientizar, mas também já não pode parar o gesto que revela ou atordoa. O mar batia perto, aquela sua voz que repercute como um eco permanente de si mesma. Era como se a morte viesse lamber a fímbria de sua vergonha, exposta naquela areia branca. Sim, a vergonha era o vago sentimento de seu orgulho tão massacrado. Não guardara de si, em favor de sua integridade, nada mais que um pouco de vergonha por certas liberdades ousadamente pensadas. Admirava aquelas mulheres de vestido de cetim, que se sentavam nas calçadas das ladeiras, em plena luz do dia, ostentando no gesto a clara evidência de seu destino. As putas, como dissera o leiteiro com o primeiro sorriso ao entregar o leite à sua porta. Nem correspondeu ao sorriso, apenas fechou rapidamente a porta, para manter intacta a aura do pudor, tudo o que lhe restava. Jamais seu pudor fora violentado, e isso lhe garantia um território intacto de delicadeza e dorida castidade. Era tão pouco, tinha um corpo tão para dentro que jamais um olho atento pousou sobre a sua verdade, perscrutando um prazer ou um simples toque afetivo. Só Antônio, naquela fúria do trio elétrico. Quando Antônio enlaçou sua cintura ela não olhou para ele, mas continuou bebendo avidamente a alegria agressiva do trio elétrico. Era como se aquele carro se transformasse num braço e a arrastasse para o domínio incandescente de seu coração ruidoso. Antônio era aquilo, um participante do trio elétrico, e em cada Carnaval o trio elétrico era a única alegria que lhe restava, que restaurava mesmo seu interesse pela existência de alguns minutos, num ano de silêncio e repressão. Depois do trio elétrico, o silêncio invadido pelo mar, e Antônio mergulhando nela todo o seu cansaço, o resto de energia de sua noite de festa. Os bolsos vazios, nem o angu barato puderam comprar para o reconforto da madrugada. Também não se importaram. Nem se podia chamar de amor aquela forma com que se deixaram envolver antes que o sol alteasse. Ela nem sentiu vergonha, essa réstia de seu orgulho dilapidado. Também não conheceu, com aquilo, nenhum lampejo de revelação, a não ser quando se sentiu prenhe, quando contou à curandeira os estranhos sintomas que lhe apareceram. E quando, pela mão da patroa, ouviu o veredicto do médico. Que fazer? Nem sabia onde podia estar Antônio, nem imaginava se ele sentiria prazer em saber que iria ser pai. Andou muito pela cidade, especialmente naqueles lados onde perseguira o trio elétrico, para ver se reencontrava Antônio. Foi despedida do emprego. Já na nova condição de mãe solteira encontrou outro emprego. Pelo menos durante os meses que antecederam o parto. Acabou ficando. A patroa tinha muita pena dela e o menino pouco incomodava. Sentia-se mãe de um pequeno ser que já se movia, com medo de pesar no espaço, de perturbar a possível harmonia de um mundo para o qual não fora programado.

Agora vinha o Carnaval de novo. Ana, com seu filho de menos de três meses nos braços, sonhava com o trio elétrico. O fim do leite sugado lhe trazia a memória de Antônio. O Carnaval chegava e Ana só pensava nas noites em que perseguiria de novo o trio elétrico. Assim saiu de casa naquela noite, com o menino nos braços, embrulhado num pano encardido. Em seus três meses era como um animalzinho depauperado, adormecido nos braços da mãe desajeitada. Ana andou pelas ruas repletas de gente. Não viu ninguém, nem sequer procurou Antônio. Só queria o trio elétrico. Numa esquina ouviu ao longe o som do grande carro musical. Correu. O menino não acordou, parecia morto. Ana correu com um riso nervoso nos lábios. Dobrou uma esquina, correu mais duas quadras. O som se aproximando. Até que encontrou a grande máquina aberta como um leque luxuoso sobre a turba alterada. Invadiu a área repleta, o menino incomodando nos braços. Ela o protegia como podia, mas ninguém prestava atenção naquele fardo, e os encontrões fizeram que o menino despertasse e chorasse seu gemido sufocado. O trio elétrico soava mais alto do que tudo. Ana só conseguiu ouvir aquele som, ia arrastada por aquele ímpeto. Passou por um muro baixo, parou um instante. O trio elétrico começou a andar, a se afastar. Ana quis passar adiante, mas o fardo em seus braços atrapalhava. Estava cegamente encostada num muro baixo. Cegamente ainda depositou naquele muro seu embrulho gemente e, com um sorriso, integrou a massa suada e agressiva que se arrastava na trilha do trio elétrico. Sentiu-se livre, e nunca mais voltou.

O SUPERMERCADO

Eu estava selecionando uns pés de couve-flor quando meu marido me disse: "Espere um momento que vou cumprimentar Heloísa". Não levantei os olhos do balcão das verduras, nem sequer pensei que só poderia ser aquela Heloísa, uma mulher forte e invulnerável cuja estabilidade doméstica tinha sido até motivo de inveja para mim algumas vezes. Meus dedos correram por sobre as alfaces, remexi os tomates, pesei uma quantidade de cenouras, e nem ergui os olhos para ver para onde ele se dirigira, para ver onde estaria Heloísa. Andei, puxando o carrinho que ele deixara ao meu lado, com a mercadoria meticulosamente arrumada, à sua maneira. As salsichas junto com a manteiga, os iogurtes e os queijos suportando a caixa de ovos, os pacotes de arroz e feijão acolchoando a leveza dos biscoitos. Andei pelos corredores de gêneros variados, mas já não escolhi nada. Nem sequer passei os olhos pela lista que a empregada me entregara ao sair de casa. Prestei muita atenção em todas as coisas, aquelas naturezas-mortas, oferecendo-se. A vitrine das carnes, os buchos e fígados, a nobreza dos filés, rubores suspensos iluminados de uma claridade valorativa de suas nuances de sangue. As laranjas, as batatas, os abacaxis, os grandes balcões de salgados, carnes-secas, toucinhos, despojos de seres mortos e conservados num requinte de temperos. As caixinhas de gelatina, com as frutas impressas em cores inesquecíveis, disfarçando os sabores artificiais que a empregada atenuaria com frutas e cremes de baunilha e morango, com claras batidas e outros recursos de enriquecer aquelas doçuras transparentes e monótonas.

Não procurei meu marido, embora imaginasse que num momento esbarraria com ele e Heloísa, sabendo que estariam falando de jardim, das plantas exóticas que Heloísa tinha o dom de descobrir em chácaras distantes. Ou então de uma raça de galinhas poedeiras, cujos ovos de grande valor nutritivo não poderiam ser comparados àqueles de gema vermelha, que eu tinha escolhido mecanicamente no correr da tarde. Não é que Heloísa quisesse comparativamente me subestimar, mas ela era assim, e eu é que me subestimava junto dela. Se é que a Heloísa que meu marido fora saudar era aquela que eu supunha.

Passei duas horas andando com aquele carrinho, sem acrescentar um grão ao já escolhido. Parei na lanchonete e comi uma coxinha de galinha. A fome pousada em meu lábio não determinou o menor luxo seletivo. Comi a coxinha de galinha como podia ter comido o cachorro-quente ou o rissole, só para sobreviver. Pensei um momento em procurar meu marido, mas desisti, "ele deve estar falando com Heloísa". Olhei o pátio do supermercado e vi nosso carro. Ele está com a chave. Vasculhei a bolsa de dinheiro e verifiquei que a chave estava comigo. Eu não dirigia há tanto tempo. Ele voltaria? Que importância tinha isso, eu precisava ir embora. Foi o guarda que me alertou "vai fechar". Eu era a última freguesa a andar por aqueles corredores e notei que as moças das caixas me olhavam com ar cansado e irritado. Estavam tão tristes que eu tive vontade de chorar, de lamentar seu destino vendido tão barato, horas e horas apertando botões de máquinas registradoras em troca do dinheiro da passagem e da comida. Vi-as todas muito humilhadas, mais ainda pela necessidade de aceitarem o jogo daquela maneira, enquanto invisíveis e gordos os donos das alcachofras e dos presuntos rolavam entre os lábios charutos de Havana.

    Paguei e saí. Onde estaria meu marido? E Heloísa? Coloquei as compras no carro e rodei pelo bairro, tentando reconhecer um ou outro. Depois decidi ir para casa.

    A empregada me recebeu como se nada tivesse acontecido, sequer me perguntando pelo adiantado da hora. Recolheu as compras e preparou-me o banho. Mergulhei na banheira de água quente. Quase adormeci. A água, ao esfriar, fez-me voltar à realidade. Fui para a cama. O telefone não tocou.

    No dia seguinte muito cedo voltei ao supermercado sem ter contado a ninguém o acontecido. Tive medo de estar sendo ridícula, ou louca. Que me dissessem de repente "Que marido?". Ou, o que era pior, "Olha ele ali". Fiquei todo o tempo rodando entre aqueles corredores, como se fosse coisa dali, uma das moças das caixas, ou mesmo uma das máquinas registradoras. Saí no fim do expediente sem ter comprado nada.

    No terceiro dia é que eu descobri que o supermercado tinha andares diversos, escadas rolantes. Andei de cima para baixo, de baixo para cima, e parecia que os lugares eram sempre outros, como num labirinto. Fiquei feliz de andar por caminhos novos, onde poderia esbarrar com meu marido e ouvir ele dizer "Que sorte você chegar, já ia ao seu encontro". Eu sabia que isso não ia acontecer porque meu marido e Heloísa deveriam estar como eu, perdidos naquele labirinto, com espelhos multiplicando as caixas das douradas uvas, e os pêssegos e nêsperas tocados de raras abelhas. Comecei a sentir que me desprendia dos valores antigos, e que só me interessava trilhar aquele caminho sem fim, no qual ele estaria sempre adiante, e eu atrás, sem ponto de encontro, sem retorno. Eu teria sonhado a minha vida? Ou estaria agora entrando num sonho maior? Senti-me tonta, percebi que minha roupa estava suja e que a urina corria pelas minhas pernas abaixo. Senti o grande peso da solidão, pela primeira vez. Indaguei de mim mesma qual o caminho a seguir, mas antes de me responder vi que me amparavam e levavam para determinado lugar, um lugar muito branco, com uma mesa muito branca onde eu comecei a adormecer. Deixei que cuidassem de mim, com um sorriso de infantil prazer me corrigindo os lábios. Quando voltei a mim já não reconheci o mundo que me davam. Estava cada vez mais longe de meu marido, mais longe. Buscando encontrá-lo e me distanciando, de tal maneira que se o visse agora talvez nem reconhecesse.

A ÂNCORA

Que será isso que eu estou desenhando?, perguntou-se a menina rabiscando uma forma no papel. Um bicho estranho, um avião, um carro?, respondi sabendo que não era nada daquilo, e que a menina não sabia o que queria desenhar, nem se importava com isso. Logo embaixo desenhou um coração atravessado por uma flecha, então exercitava uma lição de amor. Isso ela sabia, e eu também. Pensei na morte, para não dizer que pensei na vida – a menina era muito tenra em idade para pensar na morte, esta coisa que só acontecia com os velhos, e a menina nem sonhava em envelhecer. Não que eu fosse propriamente velho, mas com sinais de decadência como um motor usado. O médico me mandara caminhar, mas as caminhadas me traziam aquela dor no peito, eu sentava e esperava a dor passar, então sentia saudade dos anos em que eu apenas me locomovia e nem pensava nos desgastes da locomoção. A menina então inventou de fazer a brincadeira da forca, uma palavra que a outra deveria adivinhar (esqueci de dizer que havia outra menina na sala e que elas se relacionavam deixando-me em paz, como eu queria, e se empolgavam no jogo que logo pareceu uma batalha). Você não foi enforcada à toa – ouvi que uma dizia à outra, acusando-a de não ter adivinhado a palavra que deveria referir-se a um objeto da sala. Não se entendiam, uma assobiava e a outra colocava grandes óculos, dando-se ares de futura mulher. Tão distantes da morte, pensei, e eu tão perto, sofrendo tanto com a morte dos outros como se fosse a minha morte estilhaçada em cada desistência. Desistiriam esses mortos contra a vontade? Elas disputavam a vitória e não chegavam a uma conclusão. Tentei me desligar e ler as páginas de um livro de ficção científica, uma forma também de fugir da memória da morte, pois os outros planetas seriam possivelmente moradas futuras, o outro lado improvável da consciência.

As meninas cansaram do jogo e saíram como num voo alegre. Agora posso pensar na morte, pensei – sem pudor. Aquelas crianças me inibiam, como se as estivesse corrompendo, e se as corrompesse eu seria condenado pelo crime de escândalo, e jogado ao mar com uma mó de moinho ao pescoço no dizer dos Testamentos. Mas não pude entrar no labirinto do meu sonho sobre a morte com a inocência que desejava. Chegou o moço surfista, sentou e me falou das estruturas da onda. Não perguntei nada, mas ele não resistiu ao relato, como uma confidência de amor. Aquilo o interessava, como a mim a reflexão sobre a morte, e ao falar do *drop*, das paredes aquáticas e da organização natural do movimento marinho, para o percurso da prancha, eu senti que falava da morte sem se dar conta. E prendi a conversa, pois sabia que ele chegaria logo às desventuras: saí de casa com doze anos, repetia isso de maneira incômoda, devia ser assim que os outros se sentiam quando eu falava da morte, de tal forma que outro dia me desculpei – não sou mórbido, falo da morte como quem se educa para uma vocação irreversível –, todos entendendo, naquela noite. Com o jovem surfista não falei de mim, deixei que ele falasse: sou amigo também de bandidos, eles me dão tapa nas costas e me tratam de *playboy* maneiro, muitos dos moleques com quem eu brincava em Copacabana são hoje bandidos conhecidos, você se lembra daqueles que foram mortos na Cidade de Deus pela polícia? Eu conhecia todos, mas não faço nada de mal a ninguém, se não posso fazer o bem não faço o mal, tenho vinte e dois anos, quero desenhar estamparia de moda jovem, se fosse rico só fazia surfe, mas é tudo uma panelinha, não encontro patrocínio, os filhos de papai pegam a melhor parte, não sobra nada pra gente, não fumo, não bebo, de vez em quando fumo um bagulho, sem ser viciado – aí me olhou nos olhos e acho que percebeu a sombra de reprovação. Quis explicar que não me importava, embora não curtisse esse barato. Ele então indagou: você conhece muita gente que curte, não é? Confessei que sim, até grandes amigos, ele sorriu aliviado. Depois contou de alguns amigos, de separação em lágrimas, um deles da Nova Zelândia, afinador de pianos, casado com uma moça da Tijuca – ela tomava banho nua na minha frente, coisa normal para ele, outra cabeça, pessoa muito legal, além de afinador de piano, escritor; estava escrevendo um livro e eu era personagem, o livro tratava também da pobreza no Brasil, era como um irmão. Deixei que confidenciasse, senti que me envolvia, ou que se desnudava para ver até que ponto eu podia parar na dele. Eu, normalmente arredio, senti aquela ponta de desconfiança, mas uma força qualquer me dizia que ele era uma presença positiva. Engraçado, ele manipula extensões da morte e no entanto é pura vida. Isso me seduziu especialmente.

Como as meninas, ele partiu. Não tive paciência para descer meu abismo como gostaria. E a vida que não me deixa, pensei – mas não abdico, jamais pensei em abdicar, quero me acostumar com o terror, peço que me entendam. Quero andar neste trapézio não como num truque, mas em verdade. Eu amo a verdade acima de tudo, e se consenti em admitir a morte é porque tenho razões muito fortes. Mas tenho que me recolher para tratar disso com naturalidade e fazer disso a minha vida, enquanto for permitido. Quem me impede? Afinal não sou dono de nada, de nenhuma propriedade nem de meu próprio corpo. Isso venho aprendendo com prazer, e por estar vulnerável a todas as influências é que a vida me entra casa adentro, como uma intrusa, e me balança as estruturas. Por momentos, tão frequentes, perco-me de minha obsessão e parece que sou eterno.

As palavras, as palavras, sinos de ouro na minha aldeia interior. Ouço-as sendo grafadas e elas me trazem a primavera e o tremor de terra. Por que não falar da morte se estou tão empenhado em desenhar a vida? As palavras então vão me servindo de âncora, antes da abordagem, antes de saber onde instalarei minha tenda de troca de especiarias, antes de abrir os tesouros que deixaram no meu convés, e que podem ser poeira, escrínio violado das verdadeiras joias, pergaminhos com mapas de tesouros que nunca localizarei. As palavras, as palavras do surfista num monólogo não programado, colocando uma vida aberta diante dos meus olhos, uma vida querendo confessar-se sem sombras, e liberando suas sombras com uma candura irresistível. Voltei às palavras, a morte não é suficiente, porque estou respirando e me sinto momentaneamente forte, apalpo-me a carne portadora de desejo; aquela sensação inquietante do coração fazendo-se sensível nas têmporas, nas pontas dos dedos – formigamento – na câimbra localizada numa perna. O comprimido, tomo o comprimido para que o coração não doa, e não me faça outra vez serenar e pensar no desembarque. Por enquanto tento ver a sombra da âncora em mar alto, uma segurança transitória. Estou só com as palavras.

*HISTÓRIAS DO AMOR MALDITO
(antologia organizada
por Gasparino Damata)*

TAIS

Aos seis anos de idade ele quis chocar um ovo. Arrumou meticulosamente o ninho, como qualquer galinha ciosa, lá estava o ovo e cheio de mistério, sobretudo frágil, de tal forma que ele pensou duas vezes em como se esparramariam as galinhas sobre a doçura vacilante do ovo. Sem quebrar. Ajeitou as palhas: a casa era de madeira, muito modesta, alta sobre umas pedras para proteger da umidade. O pátio dava para um terreno selvagem onde por vezes as gatas pariam – nas noites de chuva ele sofria debruçado à janela, ouvindo os miados flébeis dos filhotes. Logo um silêncio, mas ele nunca viu os pequenos cadáveres molhados. Como chovia naquele tempo! Bom era ficar atrás das vidraças vendo a chuva, punha um pijama de pelúcia listrada, quentinho. Pensava que o amor de mãe seria assim. Tudo se misturava em sua cabeça enquanto se colocava cuidadosamente no ninho. Quando seu pai chegou foi tratado rispidamente, o ninho desfeito. Depois, como era costume de seu pai, viu solidificar-se um silêncio cheio de dor ao seu redor. Ele, desde então, já não suportava as mulheres. A secura do pai, ainda assim, o confortava. Gostaria de estar escondido, sobretudo quando com os meninos do bairro no campinho ao lado da igreja brincavam de imitar como os animais faziam o amor. Era quase sempre igual, a posição.

Excitava-os a liberdade, era mesmo com inocência que se distribuíam as responsabilidades da brincadeira. É certo que, ao fim, sempre buscava proteger-se junto aos amigos mais fortes, surpreendia-se em jugo sob certos olhares de comando, sentia uma paz inconsciente com isso.

No mesmo ano foi convidado para representar o papel de Menino Jesus numa peça da paróquia. Era pelo Natal. Os ensaios correram sem interesse até o dia em que vestiu a túnica de cetim branco e puseram-lhe na mão um cetro. Na outra um globo representando o mundo. Assim apareceu em cena, sob uma estranha luz. Pela maneira como o tratavam os outros atores, percebeu que era como um fantasma. Começou a sofrer e disse as palavras como que em soluços. Da escuridão da plateia não distinguiu nada que o amparasse. Só no fim, quando se retirava depois de ter operado o milagre, aquela massa de aplausos que o salvou de esquecer-se para sempre de si e da realidade. No camarim improvisado lembrou-se da frase de uma vizinha abraçando-o: "Parece uma menina". Nesse instante olhou-se num espelho velho pregado à porta. Tinham-lhe adaptado uma cabeleira dourada e leve, como seriam os cabelos dos anjos. A frase da vizinha soando em seu ouvido. Convenceu-se, aceitou.

Daquela noite em diante seu corpo transformou-se em inimigo que deveria conquistar. A intimidade com os meninos do colégio tomava forma de necessidade. Permitia-se passivamente certas carícias – despertavam sob sua pele formigueiros de agulhas. Começou a observar tudo aquilo que nas meninas atraía os meninos. Transfigurou-se, ficou mais lento – pensava como num labirinto, todo um tortuoso caminho proibido que desde já adotava como seu. Diziam-lhe que sua mãe tinha sido uma mulher má, que não prestava. As primas mais velhas relatavam isso com o veneno suspenso nos lábios. Isso lhe era mais vergonhoso do que brincar de fazer amor com os meninos. Diante do retrato da sua mãe procurava descobrir traços daquele demônio que na figuração do inferno tanto o impressionava. Aquele que expunha uma língua vermelha e enroscava um rabo peludo. Mas a mãe tinha a forma de anjo. De qualquer forma desligou-se da mulher a partir daí. Na igreja voltou-se para a figuração da Santíssima Virgem. Começou a amá-la, entregou-se a ela, pois estava órfão duas vezes. A mãe lhe morrera no corpo e na memória, e, como ela, todas as mulheres vivas. Restava-lhe a verdade da mãe de Deus, mãe e virgem, coisa que não entendia mas que era a sua âncora, pois aprendeu desde cedo a aceitar o milagre sem discutir. Quando se confessou para a primeira comunhão, dos pecados que lhe pareceram mais graves destacou um e sussurrou para o padre quase febril: "Padre, eu gosto mais de Nossa Senhora do que de Deus...".

Foi nessa época, teria já oito anos, que começou a cantar no coro. Havia nele, desde já, um elemento que o destacava. Tudo que dependesse da expressão interpretada – a voz, por exemplo – lhe nascia com uma certa aura. Cantar foi desde então seu refúgio. Não gostava de rezar. Era castigado sempre por bocejar no meio da Ave-Maria. Mas quando o organista da igreja lhe disse que cantar era rezar duas vezes, então sentiu uma luz por dentro. Estava salvo. Porque amava cantar, envolvia as palavras numa sonoridade que apenas intuía, mas que lhe parecia imitação da perenidade. Cantando era como se estivesse a salvo, e desde já o perigo se instalava ao seu lado como uma sombra.

No dia da novena, no cantar o *Tantum ergo*, viu o lustre de cristal do coro. Na penumbra, apenas violentada pelo clarão de centenas de velas, as pedras cintilavam. O cheiro de incenso embriagava e o nome de Deus, cantado, criava uma proximidade mágica. Sentia-se arrebatado, e o ponto de referência de seu pequeno êxtase passou a ser o lustre de cristal, com fieiras de pedras lapidadas refletindo em azul e rosa a luz. O lustre era baixo, bastava subir em cima do harmônio para tocar aquela maravilha. Numa tarde de quarta-feira, logo após o almoço, naquela hora em que o padre dormia a sesta, e a igreja ficava aberta deixando circular um frescor que era um sopro das pedras e das toalhas da renda, ele foi até o coro. Apenas a lamparina do sacrário punha um sinal de vida no recinto, as imagens todas se abismavam numa ausência de devotos, algumas flores murchas pendiam de si mesmas nos altos vasos de vidro. Olhou com doçura aquela imagem da Virgem Dolorosa que ficara sendo a sua ponte única com a mulher. Seus olhos nadavam numa tal tristeza que muitas vezes, durante a missa, ele chorava pensando nela. Subiu a escada do coro, com cuidado. Em cima aspirou aquele cheiro de poeira e de papel antigo, os muitos hinários espalhados, sobretudo a Harpa de Sião, cujas letras tantas vezes pronunciara com fervor "ao lado teu, Senhor/ ao lado teu/ gozo me fora a dor/ que me abateu". Lá estava o lustre, suspenso e sem tremor, como uma coroa de silêncio. Subiu no harmônio, trêmulo viu o lustre de repente à altura dos seus olhos. A igreja inteira era como um navio, olhou para baixo e sentiu uma tontura, fechou os olhos, segurou-se naquele bojo de cristal e lhe veio nova força. Abriu os olhos e deparou com o vitral no fundo, Judite degolando Holofernes. Seu coração disparou, começou, então, a desprender as fieiras de cristal. Muitos eram os tamanhos das pedras, todas multifacetadas. Encheu com elas a pasta que trazia. Rapidamente desceu e ganhou a rua, com seu tesouro. Em casa trancou-se no banheiro, despiu-se – começou então a colocar no pescoço, sobre a pele de menino onde afloravam ossos tenros, com aquele suor doce da infância sobre a qual os cristais seriam doces bicadas de pássaros, as fieiras de pedras como colares e viu-se refletido e se lhe encheram de lágrimas os olhos, porque a beleza desde então já era um punhal a que gozosamente se oferecia. Esse ritual repetiu-se por muito tempo. Alta noite levantava-se para ver seu tesouro, acariciava as pedras, depois secretamente as exibia sobre o peito, e de tão pequeno que era se via coberto de luz. Gostaria de mostrar-se assim. Como amou o cristal! Gostaria de ser um rei todo-poderoso ou Deus para poder mostrar-se coberto de cristal e ver no olhar das gentes aquele espanto que a maravilha desperta e que é como o relance último da morte.

Davam-lhe, por esse tempo, apenas um exercício de pleno consentimento, o da religião. Uma religião terrível para a qual quase tudo era pecado, e dentro da qual ele se sentia sempre necessitado de perdão. Se morresse de repente, tremia, o inferno o consumiria inteiro e sem trégua, para toda a eternidade. Porque não conseguia deixar de pecar, havia nele qualquer coisa de pungente e demoníaco, solicitando expansão. Adorava o gozo da carne, sozinho ou acompanhado, porque se dava a relações proibidas, desde então, com os amigos em que mais confiava, aqueles que mais admirava. Era esse o período em que descobrira o cristal. Um dia viu um terço de cristal nas mãos de uma senhora durante a missa. Era igual aos colares que expunha escondido no refúgio do quarto de banho. Um terço, eis a salvação, porque necessitava expor urgentemente os seus cristais, mostrar-se pleno, sentir que de suas mãos cintilavam, que dependiam daquele quase imperceptível movimento do sangue para se irisarem incorruptíveis e transparentes. Pediu um terço de cristal, e a resposta veio dura: "Só meninas usam terços de cristal". Diante disso silenciou, porque não se defendia. Ouviu e, ainda que não entendesse, aceitava. Mas olhava as pessoas e suas fórmulas como coisa de um outro mundo o qual não reconhecia. Mais tarde, tinha então dez anos, na festa de um amigo, roubou um terço de cristal, foi descoberto e teve que devolver, a suprema vergonha. Depois foi severamente castigado na carne, qualquer gestão de agressão lhe parecia desde então um coroamento amargo – porque estava definitivamente em pecado diante dos homens.

No ano seguinte, com onze anos, ingressava no ginásio. Lá teve o primeiro contato com um líder, aquela espécie humana carregada de eletricidade, diante da qual todos se espantam e relaxam, só ordens, numa subserviência que nada tem de humilhante, mas que se enraíza diretamente no sentido de hierarquia. Porque, se alguns dali fundassem um reino, aquele seria rei. Começou a sentir então, dentro de si, alguma coisa diferente daquele prazer agudo e aflito que eram as simples relações sexuais a que já se entregava então com regularidade. Concentrou-se, numa espécie de calor íntimo todo o seu ritmo se derramava em direção àquela figura. Sem gostar de futebol passava as tardes inteiras ao sol do pátio vendo-o correr absoluto entre os grupos, dourado de luz como uma lança certeira. Seu coração desordenava. Fechava os olhos e sentia um prazer de estar ali, com certo orgulho – porque aquele comandava a festa e ao seu lado não sofreria nem morreria. Escolhia então filmes de amor para ver, chorava baixinho, nas últimas filas, vendo as histórias que invariavelmente acabam em morte e desconcerto. Não ousava pronunciar nem escrever a palavra amor. Era como a senha da desgraça. E sempre as pessoas diziam com mais vibração, "meu amor", quando tudo estava acabado. Ele tinha medo. Por outro lado era como se esperasse uma dicção certa para aquela palavra tão breve. Diante de seu sopro deveria desencadear sobre o mundo uma avalanche de magia. Tinha medo e vergonha de falar de amor. Mas sentia que algo de terrível e irremediável fluía por dentro dele, como um rio de cimento pronto a se solidificar. Ao lado do medo foi surgindo a arrogância, a princípio exterior, depois profunda. E deste último estágio se beneficiaria para ser relativamente feliz. Foi então que imaginou a gravidade que teria, e de imaginá-la viveu-a. Porque daquela força de amor, cujo nome nem ousava pronunciar, teria que nascer uma terceira coisa. Não admitia apenas uma palpitação individual, e um jogo insólito de adolescentes curiosos. Queria o milagre. Algo como uma ferida mortal, como uma visão, que nascesse daquela força de permanecer instintivamente à mercê do amigo. Queria o milagre. E esperava como quem ouve. Encontrava na maternidade a suprema vitória da mulher, todo o resto lhe era ignominioso nela. Mas a maternidade! Guardar meses e meses um fruto vivo dentro de si, uma lâmina cortando as entranhas e não matando, um sangue se nutrindo de seu sangue e carregando consigo todo o eflúvio de outro sangue amado, um animal gemendo no recinto da carne, sofrendo de ser dado à luz, carregado com cuidado, deformando e por fim explodindo e sendo destino, independência e miséria. Queria guardar em si o retrato do seu primeiro amor, imaginou que a intensidade de sua espera, que era já uma forma cruel de fidelidade, lhe traria esse dom. E esperou. Nada aconteceu.

    A segunda tentativa de milagre fez-se no âmbito da metamorfose. Tinha catorze anos, era carnaval. Caminhava sonâmbulo em sua rua, a agressiva alegria foliona sempre lhe pareceu como a loucura de um aquário, a que a atmosfera de embriaguês devera a dinâmica e o hausto. Não via salvação na alegria do carnaval. Assim andava entre as gentes, à procura de uma fantasia que lhe desse por um momento a sensação de luxuosa beleza tão daquele corso de ruído e presa. Foi assim, lá no meio da bruma inexpressiva e grotesca dos narizes postiços, os chapéus com chumaços de papel colorido imitando plumas, dos riscos na cara sugerindo índios, bandoleiros, bailarinas etc., desse painel macilento de sorriso doloroso surgiu aquele corpo vestido de rumbeira. Há muito ouvira falar naquele pederasta, como um animal fantástico, um bisonte lento e cheio de calor, com as narinas infladas de fogo e sensualismo. Ouvira falar de suas pernas perfeitas, do acontecimento das ancas e da brancura da pele. Ouvira falar ainda em seu nariz muito grande, como um defeito lamentável num conjunto que se prestava irremediavelmente ao glorioso transformismo. Porque o viu e estava quase nu, e havia em sua intenção de parecer mulher alguma coisa a mais do que a mulher em si. Havia uma caricatura violenta e viril da mulher, do femininismo. Havia a aura de uma cavala que dançasse. As pernas muito longas eram sadias e bem equilibradas sobre os saltos altíssimos. Andava com leveza, apenas coberta por um biquíni – da parte inferior lhe pendiam véus coloridos formando uma cauda luminosa e excitantemente móvel. O veludo mínimo da parte coberta era recamado de pedrarias. Havia o requebro, com a sabedoria de certas figuras de palco, onde o espaço tem que ser vencido pelo fulgor da carne. Sua passagem provocou uma espécie de êxtase, em alguns uma espécie de ódio. Mas inegavelmente algo acontecera. Deteve-se sobre aquele rosto, o cabelo natural artificialmente encrespado, a cara angulosa ostentando uma boca lindamente modelada pelo batom. Uma camada de maquilagem pondo um papel de porcelana sobre a pele, como uma invenção da figura. O nariz realmente destoava, mas por outro lado imprimia um caráter sedutor àquele rosto. Os olhos eram um pouco juntos demais, o que os riscos laterais disfarçavam sabiamente. Olhou de tal forma aquele rosto, pesquisando até que ponto o homem pode desafiar a imagem e semelhança de Deus. Na força do seu olhar veio a resposta, e a resposta daquela rainha-macho, daquele homem-cervo foi uma pergunta: "Você não gostaria de se vestir assim, também? Se quiser me procure amanhã". Mal deu tempo de deixar em sua mão um cartão com um telefone, pois o travesti era espantosamente arrastado por outros que passavam e aos gritos formavam uma espécie de grupo de bacantes no último instante do vinho. Sumiram numa poeira de sombra. Já era noite e do seu coração escorria um brando óleo de excitação. Iria à procura daquele milagre? Foi...

Sua experiência de travesti começou com uma fuga. O carnaval coincidia com a época do veraneio. Toda a família viajava para a praia de mar, afastada duzentos quilômetros, ou para a serra. Naquele ano o destino era praia de mar. Ele discordou. Pediu ao pai que o mandasse para a serra. Sem discussão viu-se com a passagem na mão, num táxi, em direção à rodoviária. Na metade do caminho deu outra ordem ao chofer – que o levasse a uma pensão sombria e discreta numa rua transversal do centro da cidade. Lá era esperado por um grupo num grande quarto repleto de lantejoulas, tules, veludos, sapatos altos, espelhos, caixas de pintura.

Aquilo lhe pareceu um delírio. Dormiu à noite um sonho inquieto e sonhou que caía num abismo, olhando fixamente as longas unhas postiças pintadas de ciclâmen. Foram três dias de retiro total, bordando chapéus, experimentando pinturas. Saíam todos, alta noite, para um passeio excitante, sobretudo ele, que estava fugido – iam a uns bares muito especiais no fim da rua que acaba no rio. Num desses bares foi batizado. Pois naquela confraria todos tinham um nome de mulher. Como gostasse muito de ler e levasse consigo naqueles dias o romance *Thais* de Anatole France, foi apelidado de Tais. Nessa época já falava de amor. Pensava firmemente que em duzentos anos isso seria normal, e todos se refeririam a uma época em que o homossexualismo era considerado perversão, sendo, como era, uma fonte quase absoluta de amor impossível, dentro da marginalidade encontrando aquela compensação do desprendimento e da compaixão suicida. Desde então nunca mais renunciou à sua posição de amante, pesquisava pontos de referência para a sua vida amorosa, pessoas com aquela soma de forças, ou valores, que construíam sobre a admiração sua fortaleza de êxtase. Porque quando amava vivia deslumbrado, filtrando cada acontecimento do seu cotidiano, através do vidro obsessivo da relação, e essa relação lhe era, desde então, a chance mais direta e sólida de permuta humana. A experiência do travesti, retomando o fato, lhe foi rápida e emocionante. O cuidado com que se vestia de mulher resultava num terceiro estágio figurado, sem beleza, mas com convicção. Impregnava-se da personalidade feminina e perdia horas desenhando a linha correta e delicada do lábio, com batons abrasados. O mais empolgante de seu carnaval, numa época, foi aquele baile popular em que dançou a noite inteira com um mesmo rapaz, e sentiu que, à força de amá-lo momentaneamente, se desligavam do grotesco da festa e entravam em atmosfera cariciosa. Foi como se nunca tivesse sido outra coisa que aquela figura vestida com uma saia de tule em cores várias superpostas, com um corpete de cetim branco recamado de pérolas. Mais tarde, já pela madrugada, quando voltaram para casa, como o rapaz quisesse dormir com ele, pediu que o deixasse dormir vestido, assim, inteiro, com aquele perfume e aquela seda que o envolvia, aquela nuvem colorida que o amortalhava num instante de glorioso fingimento. Pela manhã levantou-se assustado e olhou-se no espelho. Desfeita a maquilagem, apontava a barba. O cansaço passando os dedos grossos sobre os seus olhos. A boca apenas intacta, como uma flor. Então chorou. Silenciosamente desvestiu-se, lavou-se e saiu. Como quem abandona uma batalha perdida, abandonou o travesti. O que queria era a perfeição, disso estava longe. Era sempre como um animal imprevisto que desabasse sobre o mundo para o pânico das gentes. O travesti só tinha graça realmente enquanto caricatura, isso ele não queria. Almejava com força essa normalidade dentro de anormalidade. Impregnar a vida de si mesmo, imprimir à moldura da sua solidão um acento de delicadeza que pertencesse ao âmbito do irrefutável. Num dia foi preso num bar, com um grupo de pederastas. Vestia um suéter branco, e defendia a alvura de sua roupa – dentro da radiopatrulha havia uma certa festa. Seu sofrimento não foi vergonha, foi compaixão. Teve vontade de pedir silêncio, silêncio e obstinação, que enfrentasse aquela espécie de agressão gratuita com uma determinada altivez, com o coração intacto. Mas o polvo do deboche se esparzia sobre ele. Um cheiro forte de corpo e perfume barato o entonteceu. Pouco depois era libertado pelo advogado do pai. Saiu como se nunca tivesse entrado ali, e não se considerava castigado nem atemorizado para continuar a ser o que irremediavelmente era. Porque nesse tempo já ousava falar de amor.

Depois houve uma fase de reuniões aos sábados, depois das dez horas, dançava-se tranquilamente num sobrado da esquina. Olavo, o dono da casa, nutria aquela efervescência geralmente muito jovem, e se nutria em sua madureza quase velhice, circulando como uma raposa de olhar cintilante, escolhendo, ordenando e principalmente julgando aquela pequena sociedade que dependia do seu acolhimento, e que eram os desgarrados, de casas bem instaladas, onde as famílias eram como fogueiras lentas, queimando com acidez a imprevista penugem daquela deformação paulatina. Ali conheceu um rapaz que mais tarde se suicidaria jogando o carro contra o muro. De todos os pares e aventuras foi o que mais o marcou, ainda mais depois da morte, sobre a qual se fez um doloroso silêncio. Em sua cabeça por muito tempo se imprimiu aquela fisionomia dourada de olhar azul e transparente, que mais tarde se despedaçaria sem explicações – apenas como exemplo de violenta deserção.

Do jogo do carnaval lembrava sobretudo aquela frase que alguém lhe dissera certa noite "De costas eu não te conheço". Entendeu que não poder amar de frente, sem outro recurso que a altivez da troca em pé de igualdade, era o grande problema do homossexualismo. Não poder atingir a perfeição, a fruição exata, olhos boiando que se contraíssem, os lábios úmidos. Lembrou vagamente dos jasmineiros da infância, quando as abelhas chegavam. Então, como ele silenciasse, o outro o golpeou na fronte, deixando o sinal da aliança: primeiro como um vergão, depois como um sinal numa árvore resistente, um traço escuro contra o verdor. Finalmente como uma cicatriz. A essa altura, além de arrogantemente falar de amor, já conhecia a solidão. Começou a temer, mais do que a morte, a velhice. Aceitava sua tendência principalmente como um problema de juventude, sentia que o grande dano era tentar conservar isso através de carnes flácidas. É pena, no caso, que o coração não envelheça junto, que não se entregue, para que não se deseje mais. Porque o homossexualismo, dentro da juventude, é como o canto de um pássaro numa selva, como um combate de ramos. Poucos entenderão, mas os que entenderem terão sentido, de repente, o gozo de uma nova aurora. O horror, a podridão, é a velhice do invertido, com seu bico adunco, esta vigília de carnes combalidas, com olhos acesos, por noites de obstinação, é estas mãos macilentas ansiando por contatos jovens, por virilidades claras, numa reconquista cerrada dos anos passados. Carnes flácidas e pobres, recintos mofados com luz doentia, o cheiro de morte, os candelabros, as sedas, as franjas e os paraísos de vidro. A outra visão do homossexualismo é mais profunda e pura do que uma olimpíada. O amor que despreza a parelha convencional e se reinventa às escondidas, com plenitude. Deveria ser como fazer o serviço militar – depois todos se voltariam para a conclusão tradicional do destino. Mas com a luz daquele voo delirante, com a vertigem daquele riso mordido entre respirações fugitivas e corações apunhalados. Foi então que pensou no suicídio obrigatório, já que não poderia fazer desse amor sua bandeira. A maldição com toda sua pompa erguera barricadas em seu olhar. Sentiu que pelo olhar, mais do que por qualquer outro detalhe, lançava o S.O.S. febril que alarmava os outros.

Não. Escolheu outra forma consciente de morrer: a vida em vigilância, a coragem de simplesmente sobreviver de alma exposta. Foi então que aquela coisa que ele mal ousava chamar amor transformou-se em amor. E era uma vertente só, passando por diversos países, porque amou muitas vezes. E em cada etapa descobria novas sensações que eram valores, a ponto de imaginar que só a castidade o salvaria. A castidade abstraía-se sexualmente e pouco desejava os corpos amados. Cada figura sobre a qual se debruçava, transformava-se num modelo humano, e nisso se comprazia. Em ferozmente analisar, exigir, censurar. Não aceitaria jamais a impostura da relação cega, a não ser no raro momento de infidelidade. E de repente nem a infidelidade começou mais a existir, porque o amor não permitia a distração, e a vontade ia longe. Então o que seria infidelidade transformava-se num pequeno martírio de confirmação do realmente essencial. A vontade de ser infiel como um espinho, e não poder passar do limiar das sensações mais primárias, logo o pensamento criando raízes longínquas, fundando o sofrimento onde haveria prazer. Perdeu pouco a pouco a noção do impossível – a maldição funcionando como elemento fundamental do prodígio. Alguém dissera que ele passava pelo mundo como uma bandeira empunhada. Assim sua forma de amar, depois. Pouco pesavam em sua alma os despojos imediatos do cotidiano, valia-lhe profundamente o esforço de resistir. No fim, nessa luta já encontrava sua vitória. Foi quando esteve mais próximo de reconhecer a imagem e semelhança de Deus, sua loucura. Passou mesmo por certas crises de delírio, corado de fúria dizimava os terrenos construídos com maior zelo, para sentir até que ponto a propriedade o vencia. Assim passava a vencedor, então como vela que tremula, ao sopro, transitava por si mesmo atento ao menor ruído. Se alguém viesse... Como tardasse, ele pensava na morte – fosse quem fosse a vir. Alguém que lhe desse a noção de que não era um ser impossível de respirar no chão. Não tardava muito a ouvir o bulício do mundo, porque aprendeu desde cedo a esperar o acontecimento da alegria, algo assim como a luz de certas tardes, findando, plenas de desenhos minuciosos em todas as coisas que visibilizava ainda, na véspera da treva. Sua alegria era assim, via-a na dança, exatamente nas danças com que a juventude se expressava numa espécie de recuperação da dinâmica, essa juventude tão próxima do desespero e do tédio. Amava o espírito aventuroso que na juventude assumia e a elegância. Disso também vinha a alegria, sobretudo – buscava-a na harmonia, na forma como o comportamento se adequava ao tempo e costumava dizer "eu amo, ele é tão jovem – no entanto dispõe do espaço exato para a minha loucura". Isso referindo-se ao amor mais atual, no qual acreditava ter alcançado uma afirmação inimaginável. Porque vivera fases anteriores de delírio, em que soçobrava exatamente no momento de não suportar a frustração. Aprendera pouco a pouco a encarar a frustração de frente, e arrancar dela um imprevisto tesouro de valorização da vida possível. Porque um dia aprendeu a ver as árvores, e procurou entender a mensagem do grito rouco do periquito solto no jardim – animal que libertara para se livrar e que, para surpresa sua, permanecera ao seu lado como um cão, intocável cão verde e alado que exigia apenas alimento e que nada dava em troca. Agora sim, muitas vezes desejava a morte e encontrava nisso a suprema mentira da sua imaginação. E amava para não morrer, com a sensação de que a presença lucidamente amada o protegia. Refúgio, refúgio! O grito do seu sangue era esse, e se aproximava cada vez mais daquela alma que, surpresa, assistia o desabrochamento total da sua natureza.

Indo isso lembrado num instante, entre uma e outra colher de chá. A distância como um pó de ouro cegava o entendimento. Desfolharia paulatinamente o labirinto do seu sonho, olharia as coisas como agora, com espanto.

O que era senão o grito de conspiração de um pássaro perdido, do tamanho de um voo? O que era senão o bojo sonoro com que um pássaro se forra para não ser tão duro como uma lâmina? Pouco entendia de realidades, erguia agora o seu espelho e via o resto de uma fera, como num conto de fadas. Então se procurava em antigos retratos. Fora tão doce como um figo maduro, fora terno como a carne de um figo, depois fora atravessado, em sua viagem, por um raio de luz artificial, vinda de não sabia qual constelação selvagem. Homem ou mulher – indagação que se lhe afigurava tão pouco. Era tudo, como aquela data de seus seis anos quando quisera acalentar o ovo e compor com ele a vida. Ou como mais tarde, quando sonhava encontrar um anão, do tamanho de um dedo, para o qual faria um mundo de felicidade, como um deus. Agora só lhe restava para criatura aquele periquito-cão alado verde. Agora lhe restava ainda, como o ovo já rompido e ameaçando o milagre, aquele amor. Nem lhe interessava o até quando pois viera até ali. E tinha uma obsessão cruel em direção ao presente, de tal forma que não acreditava mais na morte, pois com a morte não perderia nenhum desejo futuro, quase nenhum desejo futuro (que nuvem tênue pairava em seu horizonte de projetos?). Estava a duas horas de um jantar, não ia mais longe. Longe, sim, se debruçava sobre o ovo a ser amadurecido. Em sua memória aquilo valia por um estigma. Então estendeu a mão para uma flor de palha que entre frutas de pedra-sabão pairava eterna. E no desequilíbrio do ar, causado por seu movimento, ouviu-se um desmoronar de folhas, inventando o vento. Era aquela hora da tarde que ele costumava chamar tão frequentemente de alegria.

INÉDITOS

O CÃO

Cheirou a pegada ainda fresca. Ele andou por aqui. Depois foi até a onda, mergulhou o focinho. Fria. Fria demais. Como podia ele, o dono, trocar a tepidez de sua língua por aquela sensação desagradável de friúra e sal?
 Andou mais. Havia tal solidão que ele pensou em voltar. Cheirou. Cheirou, ainda estava em seu território. Mas onde estava ele? Acostumara-se a olhá-lo longamente enquanto comia, enquanto dormia, enquanto trabalhava. Principalmente enquanto pescava. Embora nestes momentos sentisse ciúme daquela hipnose com que o mar o prendia, porque também parecia vir lamber os pés dele, do seu dono. E ele ficava sempre mais tempo pescando. Sua face se ensombrecia como se procurasse alguma coisa por dentro, e cujo exercício transparecesse em seu silêncio duro, em seus olhos. Assim ele ia para o mar, o dono.

 Houvera um tempo de real relação entre eles. E mais gente na casa. A mulher e o filho. Um dia tudo desapareceu. Esse dia aconteceu como um desabamento, como uma ave que deixasse a sombra plantada entre eles. O ruído da vida desapareceu. Sua vivacidade suspensa no abanar da cauda não fora mais notada. Quem notaria? Tudo isso depois que a mulher e o filho desapareceram.

Então o dono ficou mais amigo do mar, olhando o negrume dentro do negrume da noite. Olhando e pescando.

Havia certamente um área de sedução entre o dono e o peixe, o que também o irritava, e mordia a pele escamada daqueles corpos escorregadios arrancados do mar imenso, mordia num misto de provocação e revanche, mordidas rápidas e assustadas que não feriam, mas advertiam. E o dono ria então seus raros risos. Andou mais e resolveu voltar. Onde estaria ele? Olhou o mar e só viu o mar. O dono certamente estaria em casa preparando-se para nova pescaria. Ultimamente não fazia outra coisa. E nem o acariciava mais. Era aquela perseguição invisível do peixe. Aquela paciência. E ele, o cão, ficava ao redor, perseguindo moscas, o que o distraía daquele esforço por uma convivência cada vez mais rarefeita. E o dono, pescando, parecia se reavivar num diálogo interior que poderia ser com o peixe. O cão via esse diálogo nos olhos do dono. Eram cintilações, distanciamentos. Não podia corrigir a inverdade. Estava ele ali manifestando uma alegria imensa por acompanhá-lo. E ele, o pobre dono, sem se dar conta, buscando no desconhecido uma razão remota, um mistério maior. E o mar era o reduto, a língua dócil – mas fria e salgada como a penitência. Assim não servia, assim não.

O cão lembrou-se de quantas vezes, chegando à porta da casa, via o dono sair. Carregava o samburá, as iscas, os anzóis, o caniço. E ele seguia os pés do dono – o andar ritmado e triste. Nem precisava ver-lhe o rosto para saber de tudo. Os pés exprimiam. Cada vez mais negro era aquele mar da sua alma, que ele conduzia ao mar das águas, aquele barco pesado e soturno. E o cão o vigiava como quem teme um acontecimento misterioso. Esse acontecimento era a secreta identidade de uma seiva verde que era o espírito da água, e o espírito verde de seu sangue cada vez mais trabalhado pela morte, pela sabedoria da morte. Porque, sem saber, era isso que o homem buscava na sua solidão. A sabedoria do mar lhe entrando pelos olhos. O cão seguia aquilo com cumplicidade. Aos poucos até se acostumara ao desencantamento. Invejava, isto sim, o diálogo com o peixe. Porque, quando surgia da água aquele corpo elétrico e de prata, os olhos do dono brilhavam como antigamente. Como quando corriam realmente pela beira da praia, e os risos quebravam a solidão, e ele ainda tinha ânimo de latir, latir muito, e mordiscar os calcanhares do dono, e puxar-lhe a calça com os dentes. Ficava em atitude de espera, a parte da frente do corpo quase roçando o chão, o traseiro empinado, num puro jogo que era a razão da sua vida. Agora havia o peixe. Agora havia o descaso. E aquelas horas que se desencadeavam numa inércia irritante. O cão já não tinha companhia.

Naquela manhã, muito cedo, o dono já não estava em casa. E o cão andou pelo mar. Seu faro o guiava entre espumas e pequenas conchas partidas. E a solidão. Encontrou as marcas dos pés e seguiu. Depois encontrou uma latinha com as iscas inutilizadas. Devia andar por perto. Andou mais. Um tépido sol brilhava em seu pelo branco. Espiou para trás para ver o quanto se distanciava. Apenas o silêncio, e o casebre ainda visível. Andou mais. Nem sinal dele. Era a primeira vez que não o via pela manhã. De repente topou com o caniço, jogado. Devia estar por perto. O caniço estava jogado ali, mas onde estaria ele?

Entre o risco de uma gaivota, entrelaçado ao risco de outra gaivota, num cruzamento contra o azul, percebeu um volume qualquer boiando sobre as águas, e encalhado na areia. Curiosamente foi reconhecer aquilo. Chegou à extremidade onde uma pasta amorável e escura flutuava com movimentos de algo vivo. Eram cabelos mortos.

E atingiu o rosto, o rosto do dono, enrijecido, os olhos abertos, mas sem outra vida que o brilho estranho dos corpos dos peixes fora d'água.

    O cão latiu, latiu muito. Sentiu que estava só. Ganiu um lamento que não se repartiria. Como um apelo conformado. E água, envolvendo o corpo todo, empurrou-o para a areia, sempre mais. Encalhou definitivamente. Ficou. O sol já não estava só no pelo do cão, estava procurando a vida extinta na pele do dono. O cão permaneceu caçando as moscas que vinham com insistência inusitada. Caçou moscas e esperou. Muitas vezes o assistira durante o sono. Mas ele, o dono, então se mexia, se coçava, mudava de posição, derrubava as cobertas. Era uma coisa viva, disfarçada de ausência. Agora a máquina invisível trabalhava mortalmente sob aquela carne entumescida; a cor, a frieza adensando. Nenhuma força de assomo. Sentiu que era um sono diferente. O cão levantou-se e seguiu sem olhar para trás. Um cão sozinho, cortando a distância, e um grande peixe se amansando na docilidade do corpo reconquistado à sua glória. O dia, naquele lugar.

A ELEIÇÃO

A eleição transcorria tranquila até o momento em que os números de votos dos dois favoritos emparelharam de tal forma que se deu o que os analistas batizaram de "efeito gangorra". Durante três dias, por apenas um voto, as torcidas alternaram seus delírios, comemorando o incomemorável, pois a contagem final se arrastava por dias e noites de transpirada insônia. Até que o último boletim foi cotejado, e o ministro com voz fria e linear anunciou a vitória, por um voto, do Barba Negra. Mas o Cavaleiro da Desconfiança não se deu por vencido e com seu exército acirrado subiu o topo da montanha e pediu ao visível e ao invisível o direito da recontagem de votos. Os vitoriosos e os indiferentes acharam muito natural, e mesmo o juiz intocável admitiu. Reiniciaram a contagem. Pelo mesmo prazo de dias, exatamente, do primeiro processo, o trabalho se arrastou, projetando ainda o mesmo efeito gangorra. Acontece que os números, dessa vez, não fecharam com os anteriores. A única coincidência foi a vitória, por um voto, dessa vez para o Cavaleiro da Desconfiança. A outra facção do delírio fez sua festa, e o protesto veio como onda maciça do outro lado. Seria necessária nova contagem, quanto a isso ninguém destoou. Mais oito dias, mais gangorra, e a contagem final, por um voto, beneficiando um dos dois candidatos. Já nem interessa mais registrar qual. A dúvida crescia, e o protesto, e a insatisfação grassava, como óleo quente derramado de uma frigideira muito velha. Aquela terra foi ficando dividida, com as duas grandes torcidas acampadas na área livre dos fossos e do pastoreio, as bandeiras tremulando e os cantos soturnos dos soldados de vigília, nas noites sempre estreladas e repetitivas.

Contagem após contagem, passaram cem anos. Esta nota é o registro dessa ocorrência. Cem anos sem uma decisão aceitável. Enquanto isso, dentro dos muros, a vida transcorreu sem maiores turbulências. Passados os primeiros anos, o povo foi se acostumando à espera e ao irreversível. Não tiveram mais governo, e foram adequando cada necessidade a um juízo; cantaram, colheram, amaram, odiaram, condenaram e premiaram. Viram crescer o trigo, viram a chuva, cevaram o pão, ordenharam, cortaram a lã de suas ovelhas. Tiveram as mais belas roupas, os sapatos mais fortes, o leite mais puro. Casaram, trocaram bens, não tocaram no tesouro nacional. Até fizeram guerras, e venceram. Tudo sem governo, ou com o governo de todos para todos, sem o peso do cetro e o fulgor da coroa. Não se curvaram mais diante do poder. Cem anos de espera, com um único prejuízo: alimentar graciosamente as torcidas dos dois partidos contendores. Mas aprenderam a fazer isso com prazer, e muito cuidado, para que se mantivessem assim, acesos na sua paixão, e não descobrissem jamais o vencedor. Dizem que na cidade de fora houve também muita paz, e até progresso. Apenas pontuado pelas festas da vitória alternativa, a cada oito dias, e para sempre.

A FACA ENFERRUJADA

Passei várias vezes pela mesa e vi a faca ao lado de uma folha de papel. Uma faca enferrujada. Na folha de papel, com letra de criança, um número telefônico. Não obedeci ao impulso de levar a faca para a cozinha e interpelar a cozinheira sobre a razão da existência daquela faca, em cuja ferrugem eu projetava uma imagem abstrata e repelente. Eu não ousava modificar o existir daquela faca, o estar presente de seu material corroído e perigoso. Que criança a teria trazido para ali, juntamente com a folha de papel e o número do telefone? Na minha casa, afinal, não tem criança. Eu não suportaria a presença de um ser desses, cuja liberdade interior autoriza qualquer impiedoso julgamento. Desde o dia em que o elevador social enguiçou, e a porta de serviço emperrou, exatamente no tambor da fechadura, eu esvaziei esta casa. Nem criança, nem empregado, nem cachorro, nada que pudesse respirar e traçar qualquer plano de fuga, porque a prisão estava decidida. Lembro que começou a chover e foi até mais fácil imaginar aquela reclusão. O zelador do edifício tentou retirar a porta já que nenhuma das nossas três chaves conseguia fazer voltar a fechadura. Bateu horas, o zelador, com pesadas marretas, e pelo visor eu percebi que estava banhado em suor. Até que se retirou sem explicações, constrangido por seu fracasso. Fiz descerem todos por um andaime especialmente armado para isso na fachada do prédio e decidi ficar. Os mantimentos me manterão vivo por muito tempo, e eu achei que não havia razão de medo. Até que apareceu aquela faca, aquela folha de papel, aquele número de telefone. Misteriosamente, naquela solidão, eu apagava de meus lábios o nome de Deus, eu que antes exercera o hábito mágico de rezar sempre que entrava em pânico. O que estaria me querendo dizer aquela faca, o gesto ausente de tê-la deixado ali, na mesa? Algo tinha a ver com a criança que eu criara, há muito tempo, e sobre a qual pousara a referência afetiva da minha vida em meus melhores anos. Eu sempre persegui o amor. Com o passar do tempo percebi que o relacionamento material com que as pessoas pensam resolver o problema amoroso mistificava o meu desejo mais profundo de permanecer fora de mim. E amor é isso, permanecer no outro, sem mágoa e ressentimento. Aos poucos meu desejo físico foi esmorecendo, e meu pensamento foi se tornando mais viril e potente. Entendi o problema da castidade. Admiti a possibilidade disso. Quando assumi aquela criança, eu não sabia que estava sendo lançado numa possibilidade legítima de amor. Agora aquela faca enferrujada preenchendo a ausência da criança, ao lado do sinal evidente de sua passagem. O amor se transformando em enigma. Não sei se na verdade eles partiram, se realmente as portas estão interceptadas, ou se sou eu que quero assim, porque me sinto vencido. Passo o dedo na lâmina enferrujada da faca e não percebo o corte. Nem isso me é permitido. Os números do telefone registrados no papel são ininteligíveis. São sombras de uma possível saída que vão se dissipando à medida que as analiso. Respiro fundo e me deito. Aperto minha própria perna e me masturbo.

MARIA ROSA

– Maria Rosa, onde vai você, com esta sua carne preta e cheia de prazer?
– Vou pro mundo, sinhá. Já cansei de passar seus paninho.
– Maria Rosa, não seja mal-agradecida. Aqui você quase nasceu e passou toda sua vida.
– Já cansei, sinhá, de varrê seus quarto. De estender seu lençol.
– Quem vai fazer brilhar meus cristais, Maria Rosa? E minhas pratas? Os linhos quem vai engomar?
– Sei lá, sinhá. Meu nêgo me espera na esquina. E a cachaçada do outro lado da praça. Lá onde não passa seu carro preto e seu chofé não faz continença. Porque tudo é barro e escuro, sinhá, como no fim do mundo.
– Ingrata que és, Maria Rosa. Aqui tens segurança.
– Quem diz que é isso que a gente qué, sinhá? O amor é uma escada sem firmeza, e caí é muito bom.
– Tu queres cair, Maria Rosa. Eu sabia que este era teu destino. Destino dos da tua classe. Cair, cair com prazer, por fatalidade. Que pena, Maria Rosa...
– Que pena, sinhá...
Não soubemos onde fora Maria Rosa. Não ouvimos falar nela por dez longos anos. Nossa vida continuou igual, éramos mulheres importantes. Houve tempo em

que bem lembramos de Maria Rosa, como se ela não tivesse existido. Quando as serviçais falhavam por algum motivo, vinha aquela saudade da habilidade de Maria Rosa, e atrás de tudo um clarão mais humano de afeto sufocado. Onde andaria Maria Rosa? Lembrávamos então algumas coisas que o tempo soterrava, como aquela alegria de Maria Rosa. Dizíamos umas para as outras: "Esta negrinha está com o capeta hoje. Olha como canta!". Maria Rosa cantava na cozinha, e ria falando alto, fazendo chegar até nós sua algaravia. Mas o que ela gostava mesmo era daquelas saídas noturnas... uma vez espreitamos o negro que vinha buscá-la. Era alto e jovem, bonito o negro. Maria Rosa devia se divertir muito, pois recebia o negro com satisfação. Não havia nada de novo nisso, Maria Rosa era assim, uma satisfação insatisfeita. Maria Rosa viera tão pequena para a nossa casa. Tínhamos o gosto por aquele hábito arcaico de recolher mucamas com família, e nossa casa exigia um tratamento hoje já impossível, com estas mulheres que se alugam por horários, e que passam pelas coisas sem o menor sentimento de dedicação. Somos de um tempo em que as casas tinham uma alma especial, e os empregados faziam parte desse universo. Acho que as tratávamos bem, pois elas nos amavam. Digo isso com certa nostalgia, e uma vontade de descobrir detalhes, pois naquele tempo tudo era vivido como se o mundo não fosse mudar. Toda nossa realidade consistia em fazer brilhar, com civilizada discrição, a educação que tivéramos, a esmerada educação que se refletia em cada gesto, por isso até nos escandalizamos quando o noivo de minha filha, um polonês saudável e anárquico, trincou com os dentes um copo do melhor cristal europeu no primeiro jantar de que participou em nossa casa. Depois do insólito, caímos na gargalhada, que era a forma de fazer de conta que entre pessoas da nossa classe essas coisas eram até comuns, desde que operadas na intimidade. Não sei por que estou falando nisso, quando minha memória neste instante se inclina para o lado de Maria Rosa. Ah, sim, era para tentar desenhar a nossa realidade naquele tempo. Fora isso, esse noivo que permaneceu e nem sei se nos fez mais felizes, nossa vida funcionava com perfeição, e nisso Maria Rosa era peça importante. Custamos a substituí-la, sobretudo quando nossa filha casou e o noivo bizarro veio mudar um pouco o ritmo do nosso passar. Passávamos com sobriedade e finura, estávamos satisfeitas com aquela herança de boa educação que facilitava a vida. Hoje eu olho para trás e reconheço que éramos pessoas especiais, e terminais. Nem sei se minha filha integrava aquela realidade com a mesma convicção que eu, e entendo que tivesse escolhido aquele noivo, um artista, para me mostrar certos detalhes do comportamento que teriam me parecido até grosseiros se não tivéssemos conhecimento da origem nobre de nosso extravagante personagem. De um certo ponto em diante, comecei a pensar no paralelismo da saída de Maria Rosa e da entrada de meu genro. Era como se eu estivesse aprendendo a mudar, como se algo ou alguém estivesse me ensinando a mudar. Pessoas como eu não se habituam facilmente com mudanças inesperadas, e acho que estávamos vivendo o início de tempos assim, em que as coisas inesperadas surgiam como capim nocivo em nossos canteiros de rosas. Esse aprendizado não se consumou porque morri antes daquele dia em que telefonaram para a nossa casa dizendo à minha filha que havia uma negra bêbada e em péssimo estado de saúde jogada num depósito público desses que frequentemente assumem título de instituição, e que no bolso dela havia meu nome e meu telefone. Minha filha foi, da minha morte eu posso ver tudo, como tantas vezes desejei em vida, ficar como num confortável camarote, vendo tudo, acompanhando tudo, quem sabe até influenciando. Nem eu nem meu genro existimos mais, e eu não o encontrei deste outro lado. Mas tenho até curiosidade em saber como terá enfrentado este "estado de ser" que nos desliga de todos os nossos vícios existenciais. Minha filha seguiu seu destino e hoje me dá uma grande emoção verificar que ela era uma pessoa muito especial, talvez a mais brilhante de todas nós, escondida em seu recato e obediência aos meus preceitos. Eu era tão caridosa, tão envolvida com minhas beneficências, que pouco tempo tive para descobrir esse outro lado de minha filha. Meu coração estava atordoado de caridade, e eu talvez tivesse visto pouco a vida. Pode parecer incoerência, mas não é. Podemos assumir a artificialidade moral da prática do bem, fazer disso o nosso mal maior. Não tive consciência disso, mas hoje penso... penso muito... aqui, afinal, só posso mesmo é pensar... Pensar e ver minha filha indo ao encontro de Maria Rosa, a negra abandonada e trapeira que as autoridades encontraram numa dessas sarjetas suburbanas. Sim, era ela. Hoje eu entendo como minha filha a amava, e isso me comove. Abraçaram-se, Maria Rosa não chorava, era muito forte, mas o encontro foi confortador. Mas o que fazer com Maria Rosa? Nossa casa não existia mais, nem Maria Rosa estava em condições de assumir um trabalho responsável, penso eu. Minha filha ficou meio atônita e talvez se enredasse em confusão, não fosse a interferência daquela amiga, casada com um dos nossos parentes, e que significava exatamente o meio-termo entre minha filha e eu, ou seja, sensibilidade e energia. Foi essa amiga que encontrou a solução, mais que a solução, a chave para abrir uma porta exata para Maria Rosa, naquela casa de recolhimento para velhos. Não havia vaga, foi a primeira frase feita, tão comum neste mundo que eu deixei exatamente no limiar dessas desagradáveis mudanças. Uma delas a proliferação de situações como a de Maria Rosa. Mas foi bom ver a negra depois do banho e do calor do afeto. Voltou a brilhar no seu rosto aquela luz indizível, uma espécie de desenho que ia do olho ao sorriso, às bochechas gordas, até o peito que se estufava no contentamento. Ali está ela, bem-vestida e limpa, recuperada da ressaca, dócil e dependente. Na minha vida eu não a vi assim, este estado de morte é que me dá tempo para recuperar alguma coisa do tempo perdido. Lá estão elas, as três, Maria Rosa, minha filha e a amiga. A amiga fala, não pede, quase ordena, e as pessoas não se dão conta de que ela está sendo autoritária porque faz isso com dissimulada doçura. E cedem. Maria Rosa assume seu quarto entre velhos exauridos. As pessoas ali esperam a morte com relativo conforto, e todas juntas como num redil. Aquele rebanho não difere de outros tantos que vi nas fazendas da minha família. Cabeça baixa, desalento, opacidade. Maria Rosa seria mais um deles. Mas não foi. Como é que eu não adivinhei antes a força de Maria Rosa? Quem diria, aquela negra...

Pois Maria Rosa balançou as cadeiras com aquele seu jeito sensual que até me incomodava quando jovem, e os outros velhos levantaram a cabeça. Acho que isso foi fatal para eles, pois viram Maria Rosa, e ela quando se viu observada despencou do estado arredio dos primeiros dias, e até me fez lembrar aquele ser cuja voz me chegava da cozinha, cheia de graça e rude sonoridade. Os velhos e as velhas viram Maria Rosa como uma aparição, e houve um sorriso passando por aqueles lábios murchos, porque Maria Rosa sabia ser engraçada. E começou a tratar todos como se fossem aleijados diante do milagre, ou enjeitados diante do amor. É isso. Estranho que eu esteja falando de amor depois de morta, eu que jamais ousei dizer tal palavra enquanto viva. Vergonha, talvez, de ficar nua. Maria Rosa não teve vergonha de ficar nua, de se mostrar por inteiro em sua esplêndida pobreza. Eu me queria perene, e nisso me vesti de mármore, como aquelas estátuas antigas que, apesar de nuas, estão vestidas da distância do mármore, cobertas de dignidade gelada. Eu era assim. Agora tenho ainda chance de ver Maria Rosa voltando a ser o que sempre foi, talvez seja o último espetáculo que me permitem aqui, e eu entendo isso pela intensidade da luz que vai baixando e me priva da visão. Ainda vejo Maria Rosa passando pelos corredores, e aquele bando de mulambos perecíveis movendo-se como ostras, erguendo os braços, olhando outra vez o movimento dos dedos, como mortos voltando de suas tumbas. Tudo por causa de Maria Rosa, meu Deus! Que saudade de quando éramos vivas e eu não a descobri! Aquela casa de velhos tornou-se de repente uma casa de vivos. Maria Rosa até casou velho com velha, para corrigir a clandestinidade de algumas fugas noturnas. Isso é bem ela, essa importância dada ao amor carnal, ela era uma fogueira. Mas o importante é ter passado isso para aqueles seres abdicados. Eles trocam de lugar, eles olham outra vez o dia, as plantas. E Maria Rosa passa como dona do dia, a casa assumindo outro ruído, os rostos surgindo nas janelas, surpreendidos de que ainda seja possível respirar. Passou-se muito tempo, ou pouco, não sei. Daqui é difícil medir o tempo. Por mais que eu tente ler o tempo nos relógios do mundo, seus mostradores me aparecem vazios. Acho que isto aqui não tem fim, e isso me priva de tocar o tempo com aquela ansiedade dos vivos. Passou-se muito tempo, ou muito pouco tempo, e Maria Rosa morreu. Todos ficaram momentaneamente tristes, até que a vida articulada por Maria Rosa retomou seu espaço. Já era impossível para eles ficar apenas à espera da morte, porque guardavam a lembrança de Maria Rosa, especialmente quando montava aqueles teatros improvisados que acabavam sempre em remelexo. Como gostava de gingar as cadeiras, aquela negra! E os velhos, sob sua batuta, diziam coisas por vezes desconexas e acabavam dançando desengonçados, mas inteiros. Maria Rosa só sabia rir, passar com seu estandarte como uma porta-bandeira, cantando as modinhas de carnaval antigo com voz de taquara rachada. Para os velhos, aquele desafinamento era a música dos anjos. Pois morreu Maria Rosa, vi seu corpo exposto e os olhos estupefactos que a olhavam, sem força para chorar. Agora parece que estão fechando a minha janela, ou me preparando para uma segunda morte, porque a casa dos velhos está se afastando, é uma neblina com formas quase abstratas cobrindo meu pensamento. Mas posso ainda ver, como última imagem, aquele folheto bonito e colorido que fizeram editar para falar da casa e seus ocupantes. Na capa uma janela, e debruçada nessa janela a figura preta e generosa de Maria Rosa. Sorrindo, meu Deus! Sorrindo e com aquele rasgo de malícia que envenenava e era o sal da vida. Que vontade, meu Deus, de encontrar Maria Rosa!

BIOGRAFIA DO AUTOR

Walmir Félix Ayala morreu no dia 28 de agosto de 1991, no Rio de Janeiro, que amava. Foi escritor de uma produtividade impressionante, destacando-se tanto no campo da ficção como no da crítica, embora, junto ao público, sua memória não tenha prosperado como merecia. Dono de uma das vozes mais sensíveis da moderna literatura brasileira, a poeticidade de seus textos, entretanto, foi por vezes tomada pela crítica como alienação, numa época em que lutar pela beleza parecia uma atitude desprezível diante dos tantos problemas que assolavam o país.

Nascido em Porto Alegre, em 4 de janeiro de 1933, filho do casal Sylvio Solano Ayala e Letterina Riccardi Ayala, o menino suportou uma infância de penúria, perdendo a mãe aos quatro anos, enquanto o país, sob o Estado Novo de Getúlio Vargas, vivia momentos de conturbação social e política. Seu pai, inicialmente um modesto mecânico, passou a vender autopeças e foi progredindo até enriquecer. Casara, um ano depois da morte da primeira esposa, com Olinda Godinho, que deu a Ayala os irmãos Vilson e Warley e foi sua mãe de criação, encarregando-se de sua educação. Ayala a reconhecia como "a grande artífice da minha força interior". No ginásio, em que ingressou em 1942, participou do grêmio literário sob a tutela daquele que seria seu melhor amigo, Newton Pacheco, o qual o introduziria aos poetas românticos e aos modernos, como Manuel Bandeira (com quem mais tarde colaboraria em edição de antologia da poesia brasileira), Carlos Drummond de Andrade e Murilo Mendes.

Em 1954, já na Faculdade de Filosofia da Universidade do Rio Grande do Sul (hoje Universidade Federal do Rio Grande do Sul), entra no coro da Orquestra Sinfônica e no da Ópera de Porto Alegre, apresentando-se, informa ele, "no auge do Theatro São Pedro, [...] sob a regência do saudoso maestro Pablo Komlos". Nessa época, escreve a peça *Sarça ardente* e consegue ser publicado numa antologia de poetas da faculdade. Testemunha, enquanto estudante, o quebra-quebra dos partidários de Getúlio Vargas quando a notícia de seu suicídio chega à cidade.

Naqueles tempos incertos, resolve deixar seu estado natal (em 1956), transferindo-se definitivamente para o Rio de Janeiro, em busca de espaço mais amplo para sua literatura. Seu livro de estreia, *Face dispersa*, saíra a lume em 1955 graças a seu pai, que financiara a edição, diante das dificuldades em obter editor comercial, como outros tantos poetas iniciantes. Diz Ayala que o pai "tinha um medo enorme de que eu fosse infeliz. Achava que escritor era sinônimo de pessoa desocupada, ébria, que ficava a noite inteira na rua, sem horário para nada. Essa foi uma das razões pelas quais saí de Porto Alegre".

Com a ascensão de Juscelino Kubitschek à presidência, o país vive um surto de crescimento econômico e bem-estar social, e o poeta estreante encontra no Rio de Janeiro ambiente mais propício para sua arte. Empregado numa companhia de seguros, arrisca três poemas, com diferentes pseudônimos, no Concurso de Poesia Gonçalves Dias, promovido pela Associação dos Empregados do Comércio do Rio de Janeiro, e ganha os três primeiros prêmios. É nessa época que se torna amigo de Cecília

Meireles, a quem admira vida afora, e que pouco tempo antes publicara seu *Canções*.

O governo Kubitschek construía a Belacap, Brasília, e promovia a industrialização em ritmo trepidante. O Rio de Janeiro deu ao jovem poeta maiores oportunidades, e logo ele foi encontrando seu lugar nas letras, publicando também romances, contos, peças teatrais (principalmente infantis), ensaios críticos sobre literatura, teatro e artes plásticas, área em que foi muito solicitado ao longo da vida. Como crítico de artes, apresentou catálogos, pesquisou sobre artistas e obras, prestigiou *vernissages* e exposições, publicou artigos em jornais e organizou livros de arte, inclusive para introduzir o assunto às crianças, como os que dedicou a DaCosta e Siron Franco na coleção Arte para Crianças da Berlendis & Vertecchia.

No Rio de Janeiro, além de produzir sua literatura em tantos gêneros diversos, trabalhou para vários jornais. O poeta Mário Faustino o incentivou, por volta de 1958, a colaborar com o suplemento literário do *Jornal do Brasil*. Walmir Ayala faz amizade com o escritor Lúcio Cardoso e com Maria Helena Cardoso, vindo a residir na casa dos dois. Com eles, reorientou seu catolicismo: "esse convívio me aprofundou, e realmente descobri Deus. Se alguém observar minha literatura sob esse aspecto, vai perceber que sempre procurei duas coisas: Deus e o amor, confundindo frequentemente os dois". Naqueles tempos, o país respirava renovação, com o surgimento da Bossa Nova, do Cinema Novo e do Teatro de Arena. O Concretismo lançava seu polêmico manifesto. Ayala acompanha toda essa agitação e, em 1959, é premiado como melhor repórter literário pela série "A véspera do livro" do *Jornal do Brasil*.

A situação brasileira se tornara preocupante, com o rompimento do país com o Fundo Monetário Internacional (FMI). Ayala passa a colaborar em vários jornais: *Correio da Manhã, Jornal do Commercio* – em que se responsabiliza pela seção "No rodapé da crítica" –, *Última Hora* e *O Dia*. Envia notícias do Rio de Janeiro para a *Folha de S.Paulo*, mas é no *Jornal do Brasil* que sua presença é mais sentida. Escreve para a revista *Leitura* e para o *Boletim Bibliográfico Brasileiro* e faz crítica teatral para o *Jornal das Letras*, pavimentando seu caminho no meio literário e artístico da ainda capital da República.

Publica poemas traduzidos por Anton Angel Chiochio na revista italiana *Auditorium*, tem poemas seus incluídos na antologia *A nova poesia brasileira*, organizada por Alberto Costa e Silva, em Lisboa, e estreia, na Companhia de Teatro Experimental de Tônia Carrero, Paulo Autran e Adolfo Celi, a peça *Hoje comemos rosas*. Começava a década de 1960 e, nesse mesmo ano, arrebata o Prêmio Monteiro Lobato de Literatura Infantil, da Prefeitura do Distrito Federal, com o livro *O canário e o manequim*.

Brasília é inaugurada entre aplausos e críticas, Jânio Quadros sucede Juscelino na presidência e, em 1961, Ayala recebe o Prêmio Olavo Bilac de Poesia, com os poemas de *Cantata*, que mais tarde seria também premiado pela Fundação Cultural do Distrito Federal. Enquanto inicia uma colaboração na revista argentina *Eco Contemporâneo*, o ambiente político brasileiro se incendeia. Jânio renuncia, e João Goulart assume sob forte oposição, o que gera o movimento da Legalidade por Leonel Brizola. Há uma tentativa de parlamentarismo, e as forças culturais se articulam para mobilizar o povo por meio dos Centros de Cultura Popular (CPC) da União Nacional de Estudantes. Na poesia, surge o movimento da Práxis, também voltado para a conscientização das massas.

Ayala, em meio a essas turbulências, ousa começar a publicar seus diários íntimos, no ano de 1962, arriscando-se ao escândalo, pelo preconceito que então cercava o gênero e pelas revelações que neles fazia, embora se defendesse, afirmando: "Eu nunca tive coragem de tirar a roupa às claras, em meus diários. Sempre me envolvi em certa penumbra". No ano seguinte, quando o parlamentarismo foi rejeitado, ele publica seu segundo diário, *O visível amor*, e conhece Maria Muniz, amiga que o motiva a começar seu romance *À beira do corpo*. Tem a alegria de ver poemas seus na antologia argentina *Nueva poesia brasileña*, organizada por Simon Latino.

O ano de 1964 foi o do Golpe Militar, que depõe o Governo Goulart. Há prisões, cassação dos direitos políticos, Castelo Branco assume a presidência, e o país se divide entre os que apoiam o novo regime e os que o combatem, inclusive com guerrilha urbana e rural. Ayala inicia uma coluna de literatura infantil no *Jornal do Brasil*, lança *À beira do corpo* e colabora em revistas estrangeiras, como *Américas*, da União Pan-Americana, e *Voix des Poètes*, de Paris. Ingressa como redator e produtor da Rádio MEC e viaja a Valparaíso, no Chile, para a inauguração da biblioteca Cecília Meireles.

Em 1965, ano da promulgação do Ato Institucional nº 2, que reduziu os partidos políticos à Arena, governista, e ao MDB, de oposição, Ayala tem seus poemas publicados por outras revistas estrangeiras: *Pájaro Cascabel*, do México; *Signals*, de Londres; *Cultura Brasileña*, de Madri; e *Carmorán y Delfin*, da Argentina. Em Valparaíso, seu conto infantil *O canário e o manequim* é adaptado para balé pela Escola de Cultura e Difusão Artística. Curiosamente, sob o governo Costa e Silva, Ayala parece desviar sua produção para o exterior.

Em missão cultural do Ministério de Relações Exteriores, vai a Asunción, no Paraguai. Seu livro *Cantata* é lançado pela editora carioca GRD em 1966, e o autor funda o Teatro de Câmara, em homenagem ao grupo de mesmo nome antes instituído por Lúcio Cardoso. Escreve e monta a peça musical *Chão de estrelas*, baseado na vida de Orestes Barbosa. Esse é o tempo dos grandes festivais universitários de canção popular, televisionados a todo o país, em que surgem os talentos de Chico Buarque, Caetano Veloso, Gilberto Gil, entre outros. Ayala publica, em 1967, *Um animal de Deus* (romance), *Poemas da paixão* e *Questionário*, além da *Antologia de poetas brasileiros*, organizada em conjunto com Manuel Bandeira.

No ano de 1968, com o recrudescimento da repressão da ditadura militar ante os protestos e insurreições que se armavam em várias regiões do país, há a edição do Ato Institucional nº 5, que cassou, expurgou e exilou intelectuais, escritores, artistas e professores. Ayala assume a titularidade da coluna de crítica de arte do *Jornal do Brasil*, o que lhe vale ser chamado a compor júris nacionais e internacionais de artes plásticas. Grava depoimento no Museu da Imagem e do Som da Universidade de Essex, na Inglaterra, e monta a peça infantil *A sereia de prata*, no Teatro Experimental do Porto, em Portugal. Ao testemunhar a polícia batendo em estudantes da Universidade de Brasília, quando estava na capital para receber o prêmio da Fundação Cultural do Distrito Federal por *Cantata*, aproveita a cerimônia de outorga para pronunciar-se contra a censura, comentando que "achava poesia um luxo num país em que a polícia não era humanizada".

Em 1970, realiza-se um de seus mais acalentados sonhos: torna-se pai de criação de Gustavo Adolfo Cox, recém-nascido. Mais tarde, Ayala diria: "essa foi, sem dúvida, a minha mais importante experiência de vida, de criação e de amor. Um amor que não inclui o domínio carnal, um amor que se olha de frente, cara a cara, e que caminha junto até nos possíveis erros, porque educar não é fácil". É uma época de muita produção, em que publica diversas obras, inclusive poemas na prestigiada revista alemã *Humboldt*. Torna-se assessor cultural do Instituto Nacional do Livro, para o qual organiza os dois últimos volumes do *Dicionário brasileiro de artistas plásticos*, publicados entre 1977 e 1980. No Ministério da Educação e da Cultura (MEC), atua como assessor do Departamento de Documentação e Divulgação, onde coordena a revista *Cultura*. Sua autoridade na área de artes e seu *status* de escritor respeitado lhe granjeiam missões culturais pelo Ministério das Relações Exteriores na Itália, no Chile e no Paraguai. Visita Inglaterra, Estados Unidos e Alemanha a convite dos respectivos governos, vindo a representar o Brasil nas bienais internacionais de Veneza e Paris, em 1972.

Na década de 1970, Ayala continua a produzir novas ficções, tanto poéticas, quanto narrativas. Recebe, com os contos de *Ponte sobre o rio escuro* (livro publicado em 1974), o Prêmio Nacional de Ficção do Instituto Nacional do Livro e grava depoimento para o Museu da Imagem e do Som de Curitiba. Saem poemas seus na revista *El Urogallo*, de Madri, e na antologia *Tiempo de poesia brasileña*, na Argentina, assim como contos em *Narradores brasileños contemporáneos*, no Equador. Sua peça *Os netos de Deus* é encenada na Georgetown University, em Washington, e pelo drama *A pobreza envergonhada* lhe é outorgado o Prêmio Mobral de Teatro. Grava depoimento para a Rádio e Televisão de Portugal e é convidado para o IV Congresso de la Nueva Narrativa Hispanoamericana, na Colômbia. Dirige a Galeria Intercontinental, lançando o pintor Siron Franco, hoje consagrado não só por sua arte, mas também por seu ativismo político.

Em 1974, quando o governo Geisel começa a distender o regime de força, a Assembleia Legislativa do então Estado da Guanabara lhe confere cidadania carioca. Nos dois anos seguintes, recebe prêmios por seus livros infantis, sendo *A pomba da paz* incluída na lista *The best of the best*, da Biblioteca Internacional da Juventude, de Munique. Leva ao Japão, pela Fundação Mokiti Okada, a III Exposição de Belas Artes Brasil-

-Japão. Sua peça *Chico Rei*, encenada pelo Grupo de Teatro Ambiente, de Olinda, é indicada para o Prêmio Mambembe no Rio de Janeiro.

Sobre sua posição política naqueles tempos duros, Ayala declara: "Nunca fui um escritor político, nunca me interessei em engajar a minha arte. [...] O poeta pode se comprometer com uma coisa que passa, o poema não pode". Em consequência, ficou por um bom tempo sem fazer teatro, um teatro que ele considerava "poético e muito ligado à linha do absurdo". Em 1979, escreve uma monografia sobre o pintor Vicente do Rego Monteiro, que lhe proporciona o primeiro prêmio no Concurso de Monografias da Fundação Nacional de Artes (Funarte). É a época da promulgação da anistia pelo general João Figueiredo.

Inicia a década de 1980, a da inflação galopante e da escalada da dívida externa, comemorando 25 anos de atividades literárias com o livro *Estado de choque*. Com *Partilha de sombra* recebe o Prêmio Erico Verissimo de Romance, da Editora Globo. Em 1983, fica em segundo lugar na Bienal Nestlé de Literatura, com a poesia de *Águas como espadas*. Poemas seus aparecem na revista *Correo de la Poesia*, do Chile, e na antologia *Naujoji Brazila Poezija*, na Lituânia. Embora se regozije com o movimento das Diretas Já, chora a morte do seu amigo Newton Pacheco, que o apresentara à poesia brasileira.

Quando o Brasil reconquista a democracia, em 1985, no governo de José Sarney (que substitui Tancredo Neves na presidência da República diante da morte daquele que seria o primeiro presidente eleito após a revolução militar), Ayala dá novo impulso à construção de sua obra. Seus textos de literatura infantil continuam conquistando as crianças: *A história do centaurinho*, *A história da tartaruga Anita*, *Assombrações da formiga Meia-Noite* e muitos outros. Dizia ele que seu sucesso se devia ao fato de que dava "à criança os ingredientes básicos como o humor, a poesia e o mistério".

Seu prestígio de crítico de artes o conduz ao júri de seleção dos artistas brasileiros para o Prémio Cristóbal Colón, de Madri. Ensaios sobre arte brasileira e sobre pintores se sucedem, tendo destaque os que produziu sobre Luís Verri, Bandeira de Mello e Martinho de Haro. Dizia ele: "Sou muito visual. E é por isso, talvez, que eu tenho dado mais ou menos certo como crítico de arte. [...] O artista plástico se sente revelado através do que escrevo". Em 1987 recebe a medalha comemorativa do cinquentenário da fundação do Museu Nacional de Belas Artes, em reconhecimento por seu trabalho crítico. Nas letras, é-lhe dada a honra de organizar, para a editora Aguilar, a *Obra completa* de Cecília Meireles, a figura amiga que o acolhera quando ele, ainda jovem, se instalara no Rio de Janeiro. Sobre ela, o poeta confessa: "Não posso dizer que tivesse uma intimidade com Cecília, mas ela me deu tudo o que eu precisava: uma abertura moral, estética e ética. Aquele exemplo de mulher que tinha uma poesia da maior transparência, ao mesmo tempo, uma poesia acessível e profunda".

Suas andanças internacionais lhe obtiveram traduções e edições estrangeiras: há livros seus publicados em Portugal, Espanha e Argentina, e poemas, ensaios e contos traduzidos para os idiomas inglês, espanhol, francês, italiano e alemão. Tem poemas incluídos na *Antologia da poesia brasileira contemporânea,* de Lisboa (1986), e na antologia *Concerto*: 60 poetas hispanoamericanos de hoy, do Chile (1987). Todavia, as traduções, em geral de textos isolados, não correspondem ao volume de sua produção ficcional: mais de uma centena de títulos, com destaque, em quantidade, para a literatura infantil.

Sua obra lhe rendeu, ao longo do tempo, inúmeros prêmios, chegando a ser homenageada até por uma escola de samba, a Portela, do Rio de Janeiro, no carnaval de 1987, com um samba-enredo baseado em seu livro *A pomba da paz*. Apesar das vicissitudes da sociedade brasileira enquanto essa obra se constituía, Ayala manteve, com digna e serena fidelidade, os valores em que acreditava: "O que realmente me preocupa é escrever uma verdade possível, uma beleza possível, digamos, um resultado possível para o comportamento humano".

Seus livros atestam que não se deixou levar pelo desencanto da modernidade, nem imputava à propalada solidão do artista um papel que não fosse o de refletir o eu para si mesmo. Estava certo de que "o mundo está aí para a gente se ligar nos outros e extrair disso uma lição pessoal de vida". Dizia estar sempre aberto para o descobrimento humano. Para ele, escrever era "uma vivência cotidiana, um sistema de vida, [...] uma compulsão diária de transformar em experiência literária todos os acontecimentos existenciais". Poeta acima de tudo, ultrapassou o subjetivismo característico do gênero, firmando um compromisso incessante com a condição humana, que representou, não só na poesia, mas em seus romances, contos e peças, com um refinado trabalho artesanal sobre a linguagem, patrimônio comum de seu povo e de seus pares.

Bibliografia consultada

INSTITUTO ESTADUAL DO LIVRO. *Walmir Ayala*. Porto Alegre: IEL/RS, 1989. (Autores Gaúchos, v. 22).

REMÉDIOS, Maria Luíza Ritzel. "Walmir Ayala". In: BRASIL, Luiz Antonio de Assis; MOREIRA, Maria Eunice; ZILBERMAN, Regina (Orgs.). *Pequeno dicionário da literatura do Rio Grande do Sul*. Porto Alegre: Novo Século, 1999.

BIBLIOGRAFIA

FICÇÃO

Difícil é o reino (diário I). Rio de Janeiro: GRD, 1962.

O visível amor (diário II). Rio de Janeiro: José Álvaro, 1963.

À beira do corpo (romance). Rio de Janeiro: Letras e Artes, 1964; 10. ed. Belo Horizonte: Leitura, 2009.

Um animal de Deus (romance). Rio de Janeiro: Lidador, 1967.

Diário de bolso (crônicas). Brasília: Ebrasa, 1970.

Ponte sobre o rio escuro (contos). Rio de Janeiro: Expressão e Cultura, 1974.

A fuga do arcanjo (diário III). Rio de Janeiro/Brasília: MEC, 1976.

A nova terra (romance). Rio de Janeiro: Record, 1980.

Partilha de sombra (romance). Porto Alegre: Globo, 1981; 3. ed. 2011.

A selva escura (romance). Rio de Janeiro: Atheneu Cultura, 1990.

O anoitecer de Vênus (contos). Rio de Janeiro: Record, 1998.

As ostras estão morrendo (romance). Belo Horizonte: Leitura, 2007.

O desenho da vida (crônicas). Rio de Janeiro: Calibán, 2009.

PARTICIPAÇÃO EM ANTOLOGIAS DE CONTOS

"Tais". In: DAMATA, Gasparino (Org.). *Histórias do amor maldito*. Rio de Janeiro: Record, 1968.

"El baile de las hormigas". In: LARREA, Cristóbal Garcés (Org.). *Narradores brasileños contemporáneos*. Bogotá: Ariel Universal, 1974.

"O menino que amava os trens". In: VELHO, Laís Costa (Org.). *Pequena antologia do trem*. Rio de Janeiro: RFFSA; Senai, 1974.

"Eulália". In: ZILBERMAN, Regina (Org.). *Os melhores contos brasileiros de 1974*. Porto Alegre: Globo, 1975.

"A toca da coruja". In: BENEDETTI, Lúcia (Org.). *Lisa*: biblioteca de literatura infantil. São Paulo: Lisa, 1980. (Estrela da Manhã, v. 1.)

"João de Barro". In: HAASE FILHO, Pedro et al. *Lendas gaúchas*: coletânea de histórias populares do Rio Grande do Sul. Porto Alegre: Zero Hora, 2000. v. 1.

"O menino que amava os trens". In: BRUNN, Albert von (Org.). *Trilhos na cabeça*. Messina: Edizioni Dr. Antonino Sfameni, 2003.

"Sol". In: SANCHES NETO, Miguel (Org.). *Contos para ler na cama*. Rio de Janeiro: Record, 2005.

"O supermercado". In: SANCHES NETO, Miguel (Org.). *Ficção, histórias para o prazer da leitura*: uma antologia. Belo Horizonte: Leitura, 2007.

Contos infantojuvenis

O canário e o manequim. Rio de Janeiro: J. Ozon, 1961; 3. ed. Rio de Janeiro: Ediouro, 1998.

O menino que amava os trens. Rio de Janeiro: Ministério dos Transportes, 1970; 2. ed. Rio de Janeiro: Bertrand Brasil, 2005.

Histórias dos índios do Brasil. Rio de Janeiro: Brughera, 1971; 5. ed. Rio de Janeiro: Nova Fronteira, 2011.

A toca da coruja. São Paulo: Lisa; Brasília: INL, 1973; 6. ed. Rio de Janeiro: Nórdica, 1984.

A pomba da paz. São Paulo: Melhoramentos, 1974; 20. ed. São Paulo: Formato; Saraiva, 2010.

Moça lua. Porto Alegre: Bels, 1974; 5. ed. Rio de Janeiro: Ediouro, 1998.

A estrela e a sereiazinha. Porto Alegre: Garatuja, 1976; 2. ed. 1978.

Festa na floresta. São Paulo: Melhoramentos, 1980; 7. ed. 1993.

Guita no jardim. São Paulo: Melhoramentos, 1980.

O azulão e o sol. São Paulo: Melhoramentos, 1980; 5. ed. Belo Horizonte: Leitura, 2010.

Aventuras do ABC. São Paulo: Melhoramentos, 1981; 3. ed. 1987.

Era uma vez uma menina. São Paulo: Berlendis & Vertecchia, 1982; 38. ed. 2006.

O burrinho e a água. São Paulo: Melhoramentos, 1982; 3. ed. São Paulo: Global, 2011.

A bruxa malvada que virou borboleta. Porto Alegre: Mercado Aberto, 1983; 4. ed. 1988.

A lua dos coelhos amarelos. Porto Alegre: Feplan, 1983.

O elefante verde. Porto Alegre: L&PM, 1984.

A fonte luminosa. São Paulo: FTD, 1984; 10. ed. 1995.

O futebol do rei leão. Rio de Janeiro: Nova Fronteira, 1984; 4. ed. 1992.

O jacaré cosmonauta. São Paulo: FTD, 1984; 9. ed. 1997.

A história da tartaruga Anita. Rio de Janeiro: Nórdica, 1985; 2. ed. [s.d.].

A história do centaurinho. Porto Alegre: Kuarup, 1985.

Assombrações da formiga Meia-Noite. Natal: Nossa, 1985.

O forasteiro. São Paulo: Berlendis & Vertecchia, 1986; 33. ed. 1998.

O carnaval do jabuti. São Paulo: Moderna, 1988.

O mapa do tesouro. São Paulo: FTD, 1988; 6. ed. 1997.

Dedo-de-rato. Porto Alegre: L&PM, 1991.

O borbofante. Belo Horizonte: Villa Rica, 1991.

Orelhas de burro. Rio de Janeiro: Ao Livro Técnico, 1991; 3. ed. 2001.

A árvore do Saci. Belo Horizonte: Villa Rica, 1992.

A chegada dos reis. Belo Horizonte: Villa Rica, 1992.

A história do pente azul. Belo Horizonte: Villa Rica, 1992.

História de Natal. Belo Horizonte: Villa Rica, 1992.

O dia dos coelhinhos. Belo Horizonte: Villa Rica, 1992.

O Estregalo. Belo Horizonte: Villa Rica, 1992.

O país do Nim. Belo Horizonte: Villa Rica, 1992.

Sonho de Ano-Novo. Belo Horizonte: Villa Rica, 1992.

A guerra dentro da árvore. Belo Horizonte: Villa Rica, 1993.

A onça e a coelha. Rio de Janeiro: Ao Livro Técnico, 1993; 2. ed. 1995.

Histórias da criação. Rio de Janeiro: Memórias Futuras, 1993; 5. ed. Belo Horizonte: Leitura, 2007 (texto integral com inéditos).

O coelho Miraflores. Rio de Janeiro: José Olympio, 1993.

O gato azul. Belo Horizonte: Villa Rica, 1993.

O menino e o passarinho. Belo Horizonte: Villa Rica, 1993.

O peixinho Tororó. Belo Horizonte: Villa Rica, 1993.

O príncipe impossível. Belo Horizonte: Villa Rica, 1993.

O sabiá vaidoso. Belo Horizonte: Villa Rica, 1993.

A lenda do bem-te-vi. Belo Horizonte: Villa Rica, 1994.

O coelho vai à fonte. Rio de Janeiro: Ao Livro Técnico, 1994.

O nome da árvore. Rio de Janeiro: Ao Livro Técnico, 1994; 3. ed. 1996.

O mosquito concertista. Rio de Janeiro: Ao Livro Técnico, 1994.

O unicórnio na terra dos cinco sentidos. Belo Horizonte: Villa Rica, 1994.

A cobra da cidade morta. Belo Horizonte: Villa Rica, 1999.

A festa no céu. Belo Horizonte: Villa Rica, 1999.

A grande chuva. Belo Horizonte: Villa Rica, 1999.

A história da Boiguaçu. Belo Horizonte: Villa Rica, 1999.

A história do milho. Belo Horizonte: Villa Rica, 1999.

A história do Urutau. Belo Horizonte: Villa Rica, 1999.

A lenda do primeiro gaúcho. Belo Horizonte: Villa Rica, 1999.

A onça e o tamanduá. Belo Horizonte: Villa Rica, 1999.

A vitória-régia e o beija-flor. Belo Horizonte: Villa Rica, 1999.

Escada de flechas. Belo Horizonte: Villa Rica, 1999.

O cavalo encantado. Belo Horizonte: Villa Rica, 1999.

O cervo dourado. Belo Horizonte: Villa Rica, 1999.

O índio curioso. Belo Horizonte: Villa Rica, 1999.

O João-de-barro. Belo Horizonte: Villa Rica, 1999.

Passeio de Nossa Senhora. Belo Horizonte: Villa Rica, 1999.

O mistério do país de Zuris. Belo Horizonte: Formato, 2000; 2. ed. 2003.

A aranha e a raposa. Curitiba: Criar, 2002.

NO EXTERIOR

La paloma de la paz. Buenos Aires: Ediciones de La Flor, 1985; 2. ed. 2005.

O azulão e o sol. Lisboa: Melhoramentos Portugal, 1991.

Walmir Ayala ainda publicou vários livros de poesia, teatro, ensaio e tradução, além de organizar dezenas de antologias.

ÍNDICE

Apresentação 7

Ponte sobre o rio escuro
Sol 21
Eulália 25
A mulher de Putifar 29
A jaguatirica 35
Garrafa de mel 42
O chaveiro 45
Moça na janela 51
Os urubus 56

O anoitecer de Vênus
A chuva 63
O filho lobo 69
A natureza-morta 74
Xifópagas 80
A prisão 84
O ritual 91
O anoitecer de Vênus 94

O trio elétrico 102
O supermercado 106
A âncora 110

Histórias do amor maldito

Tais 117

Inéditos

O cão 135
A eleição 139
A faca enferrujada 141
Maria Rosa 143

Biografia do autor 150
Bibliografia 161

COLEÇÃO MELHORES CONTOS

ANÍBAL MACHADO
Seleção e prefácio de Antonio Dimas

LYGIA FAGUNDES TELLES
Seleção e prefácio de Eduardo Portella

BRENO ACCIOLY
Seleção e prefácio de Ricardo Ramos

MARQUES REBELO
Seleção e prefácio de Ary Quintella

MOACYR SCLIAR
Seleção e prefácio de Regina Zilbermann

MACHADO DE ASSIS
Seleção e prefácio de Domício Proença Filho

HERBERTO SALES
Seleção e prefácio de Judith Grossmann

RUBEM BRAGA
Seleção e prefácio de Davi Arrigucci Jr.

LIMA BARRETO
Seleção e prefácio de Francisco de Assis Barbosa

JOÃO ANTÔNIO
Seleção e prefácio de Antônio Hohlfeldt

EÇA DE QUEIRÓS
Seleção e prefácio de Herberto Sales

MÁRIO DE ANDRADE
Seleção e prefácio de Telê Ancona Lopez

LUIZ VILELA
Seleção e prefácio de Wilson Martins

J. J. VEIGA
Seleção e prefácio de J. Aderaldo Castello

JOÃO DO RIO
Seleção e prefácio de Helena Parente Cunha

IGNÁCIO DE LOYOLA BRANDÃO
Seleção e prefácio de Deonísio da Silva

LÊDO IVO
Seleção e prefácio de Afrânio Coutinho

RICARDO RAMOS
Seleção e prefácio de Bella Jozef

MARCOS REY
Seleção e prefácio de Fábio Lucas

SIMÕES LOPES NETO
Seleção e prefácio de Dionísio Toledo

HERMILO BORBA FILHO
Seleção e prefácio de Silvio Roberto de Oliveira

BERNARDO ÉLIS
Seleção e prefácio de Gilberto Mendonça Teles

AUTRAN DOURADO
Seleção e prefácio de João Luiz Lafetá

JOEL SILVEIRA
Seleção e prefácio de Lêdo Ivo

JOÃO ALPHONSUS
Seleção e prefácio de Afonso Henriques Neto

ARTUR AZEVEDO
Seleção e prefácio de Antonio Martins de Araujo

RIBEIRO COUTO
Seleção e prefácio de Alberto Venancio Filho

OSMAN LINS
Seleção e prefácio de Sandra Nitrini

ORÍGENES LESSA
Seleção e prefácio de Glória Pondé

DOMINGOS PELLEGRINI
Seleção e prefácio de Miguel Sanches Neto

CAIO FERNANDO ABREU
Seleção e prefácio de Marcelo Secron Bessa

EDLA VAN STEEN
Seleção e prefácio de Antonio Carlos Secchin

FAUSTO WOLFF
Seleção e prefácio de André Seffrin

AURÉLIO BUARQUE DE HOLANDA
Seleção e prefácio de Luciano Rosa

ALUÍSIO AZEVEDO
Seleção e prefácio de Ubiratan Machado

SALIM MIGUEL
Seleção e prefácio de Regina Dalcastagnè

ARY QUINTELLA
Seleção e prefácio de Monica Rector

HÉLIO PÓLVORA
Seleção e prefácio de André Seffrin

WALMIR AYALA
Seleção e prefácio de Maria da Glória Bordini

*HUMBERTO DE CAMPOS**
Seleção e prefácio de Evanildo Bechara

*PRELO

COLEÇÃO MELHORES POEMAS

CASTRO ALVES
Seleção e prefácio de Lêdo Ivo

LÊDO IVO
Seleção e prefácio de Sergio Alves Peixoto

FERREIRA GULLAR
Seleção e prefácio de Alfredo Bosi

MARIO QUINTANA
Seleção e prefácio de Fausto Cunha

CARLOS PENA FILHO
Seleção e prefácio de Edilberto Coutinho

TOMÁS ANTÔNIO GONZAGA
Seleção e prefácio de Alexandre Eulalio

MANUEL BANDEIRA
Seleção e prefácio de Francisco de Assis Barbosa

CECÍLIA MEIRELES
Seleção e prefácio de Maria Fernanda

CARLOS NEJAR
Seleção e prefácio de Léo Gilson Ribeiro

LUÍS DE CAMÕES
Seleção e prefácio de Leodegário A. de Azevedo Filho

GREGÓRIO DE MATOS
Seleção e prefácio de Darcy Damasceno

ÁLVARES DE AZEVEDO
Seleção e prefácio de Antonio Candido

MÁRIO FAUSTINO
Seleção e prefácio de Benedito Nunes

ALPHONSUS DE GUIMARAENS
Seleção e prefácio de Alphonsus de Guimaraens Filho

OLAVO BILAC
Seleção e prefácio de Marisa Lajolo

JOÃO CABRAL DE MELO NETO
Seleção e prefácio de Antonio Carlos Secchin

FERNANDO PESSOA
Seleção e prefácio de Teresa Rita Lopes

Augusto dos Anjos
Seleção e prefácio de José Paulo Paes

Bocage
Seleção e prefácio de Cleonice Berardinelli

Mário de Andrade
Seleção e prefácio de Gilda de Mello e Souza

Paulo Mendes Campos
Seleção e prefácio de Guilhermino Cesar

Luís Delfino
Seleção e prefácio de Lauro Junkes

Gonçalves Dias
Seleção e prefácio de José Carlos Garbuglio

Haroldo de Campos
Seleção e prefácio de Inês Oseki-Dépré

Gilberto Mendonça Teles
Seleção e prefácio de Luiz Busatto

Guilherme de Almeida
Seleção e prefácio de Carlos Vogt

Jorge de Lima
Seleção e prefácio de Gilberto Mendonça Teles

Casimiro de Abreu
Seleção e prefácio de Rubem Braga

Murilo Mendes
Seleção e prefácio de Luciana Stegagno Picchio

Paulo Leminski
Seleção e prefácio de Fred Góes e Álvaro Marins

Raimundo Correia
Seleção e prefácio de Telenia Hill

Cruz e Sousa
Seleção e prefácio de Flávio Aguiar

Dante Milano
Seleção e prefácio de Ivan Junqueira

José Paulo Paes
Seleção e prefácio de Davi Arrigucci Jr.

Cláudio Manuel da Costa
Seleção e prefácio de Francisco Iglésias

Machado de Assis
Seleção e prefácio de Alexei Bueno

Henriqueta Lisboa
Seleção e prefácio de Fábio Lucas

Augusto Meyer
Seleção e prefácio de Tania Franco Carvalhal

Ribeiro Couto
Seleção e prefácio de José Almino

Raul de Leoni
Seleção e prefácio de Pedro Lyra

Alvarenga Peixoto
Seleção e prefácio de Antonio Arnoni Prado

Cassiano Ricardo
Seleção e prefácio de Luiza Franco Moreira

Bueno de Rivera
Seleção e prefácio de Affonso Romano de Sant'Anna

Ivan Junqueira
Seleção e prefácio de Ricardo Thomé

Cora Coralina
Seleção e prefácio de Darcy França Denófrio

Antero de Quental
Seleção e prefácio de Benjamin Abdalla Junior

Nauro Machado
Seleção e prefácio de Hildeberto Barbosa Filho

Fagundes Varela
Seleção e prefácio de Antonio Carlos Secchin

Cesário Verde
Seleção e prefácio de Leyla Perrone-Moisés

Florbela Espanca
Seleção e prefácio de Zina Bellodi

Vicente de Carvalho
Seleção e prefácio de Cláudio Murilo Leal

Patativa do Assaré
Seleção e prefácio de Cláudio Portella

Alberto da Costa e Silva
Seleção e prefácio de André Seffrin

ALBERTO DE OLIVEIRA
Seleção e prefácio de Sânzio de Azevedo

WALMIR AYALA
Seleção e prefácio de Marco Lucchesi

ALPHONSUS DE GUIMARAENS FILHO
Seleção e prefácio de Afonso Henriques Neto

MENOTTI DEL PICCHIA
Seleção e prefácio de Rubens Eduardo Ferreira Frias

ÁLVARO ALVES DE FARIA
Seleção e prefácio de Carlos Felipe Moisés

SOUSÂNDRADE
Seleção e prefácio de Adriano Espínola

LINDOLF BELL
Seleção e prefácio de Péricles Prade

THIAGO DE MELLO
Seleção e prefácio de Marcos Frederico Krüger

AFFONSO ROMANO DE SANT'ANNA
Seleção e prefácio de Miguel Sanches Neto

ARNALDO ANTUNES
Seleção e prefácio de Noemi Jaffe

ARMANDO FREITAS FILHO
Seleção e prefácio de Heloisa Buarque de Hollanda

MÁRIO DE SÁ-CARNEIRO
Seleção e prefácio de Lucila Nogueira

LUIZ DE MIRANDA
Seleção e prefácio de Regina Zilbermann

ALMEIDA GARRET
Seleção e prefácio de Izabel Leal

RUY ESPINHEIRA FILHO
Seleção e prefácio de Sérgio Martagão

*SOSÍGENES COSTA**
Seleção e prefácio de Aleilton Fonseca

*PRELO

Impresso por:

Graphium
Gráfica e editora

Tel: (11) 2769-9056